DUBUT de LAFOREST

LES

Derniers Scandales de Paris

GRAND ROMAN DRAMATIQUE INÉDIT

V

Madame

Don Juan

« O Don Juan, le voilà ce nom que tout répète,
Ce nom mystérieux que tout l'univers prend,
Dont chacun veut parler et que nul ne comprend!
Si vaste et si puissant qu'il n'est pas de poète
Qui ne l'ait soulevé dans son cœur ou sa tête,
Et, pour l'avoir tenté, n'en soit resté plus grand! »

(ALFRED DE MUSSET.)

PARIS

FAYARD FRÈRES, ÉDITEURS

78, BOULEVARD SAINT-MICHEL, 78

LES DERNIERS SCANDALES DE PARIS

Ont paru :

VOLUMES, IN-8o ILLUSTRÉS, A **60** CENTIMES

Madame Don Juan [1]

I

DUEL DE FEMMES

— Hein ?... Quoi ?... C'est vous, Rosine ?

— Ce n'est pas Rosine... c'est moi, Honoré... votre mari.

Et l'architecte Perrotin, traversant la chambre où Cœlsia était couchée, marcha droit à la fenêtre, ouvrit les persiennes et laissa pénétrer le jour grisâtre de cette matinée d'hiver.

Brusquement, l'Italienne se retourna dans son lit :

L'épisode, qui précède ce récit, a pour titre : *Le Dernier Gigolo*.

— Il n'y a pas de sens commun à venir réveiller les gens aussi matin ! Il est à peine onze heures !

— Dix heures et demie, seulement, rectifiait l'architecte.

— Raison de plus !... Laisse-moi dormir !

— Oui... mais, quand j'aurai causé avec toi...

— Nous causerons plus tard !

— Non, tout de suite !

— Parle, et va-t'en !

Elle s'était dressée sur sa couche, les yeux meurtris, le visage encore bouffi de sommeil, et comme Perrotin, maintenant, installé à côté d'elle, gardait le silence, elle gronda :

— Voyons, qu'y a-t-il ?

— Nona-Cœlsia, à quelle heure es-tu rentrée, cette nuit, ou plutôt, ce matin ?

— Deux heures.

— D'où venais-tu ?

— Apparemment d'où j'avais affaire !

— Ce n'est pas répondre !... Il t'arrive souvent de rentrer à des heures indues et quelquefois même de passer toute la nuit dehors...

Elle fixa sur l'homme ses noires prunelles, d'un noir d'encre :

— Alors, tu me fais espionner ? C'est du propre !

Honoré se mit à rire :

— Le diable m'en garde !... Mais, j'en aurais le droit... Je suis ton mari...

— Ne dis donc pas de bêtises !... Si je sors et si je tâche de me distraire, c'est que je meurs d'ennui dans cet hôtel maintenant triste et glacé comme une tombe !... Seule... toujours seule avec toi... et l'autre... là-haut !

— La prudence exigeait de renouveler le personnel et de ne conserver auprès de nous que ta femme de chambre, ta Rosine, dont nous sommes sûrs... Avec Rosine et notre nouveau domestique Anastase, ça marche admirablement... Le baron n'a pas besoin de serviteur, puisque nous veillons sur lui, puisque tu le soignes, puisque tu le câjoles et le bichonnes !

L'Italienne soupira :

— Quand tout cela finira-t-il, mon Dieu ?

— Bientôt, ma Cœlsia, tu seras libre et riche !... Mais, il faut redoubler de zèle !... Ah ! il met le temps, le baron

Tiburce, à nous laisser ses millions ! Cette nuit, avant ta rentrée, il a hurlé comme une bête fauve...

— Tu aurais dû monter?

— Je l'ai fait.

— Eh bien ?

— Je ne suis pas entré... Tu sais que, maintenant, il m'a
pris en horreur ! J'ai regardé par le guichet dans la chambre.
Son dîner était encore intact sur la table, et le vieux se pro-
menait, rugissant et appelant : « Cœlsia !... Cœlsia ! », et puis,
comme tu ne venais pas, il s'est mis à rugir si fort que l'on
pouvait se croire au Jardin des Plantes ou chez Bidel !... Ah !
nous avons eu une heureuse idée de faire matelasser les murs
et les barreaux de la fenêtre... sans quoi, dans une de ses
crises, il se serait déjà brisé la tête, et nous n'hériterions pas,
car on nous accuserait d'avoir amené la folie et la mort, par
l'internement !

— Honoré, je tremble qu'il ne parvienne à communiquer
avec l'extérieur?

— Comment s'y prendrait-il ? Personne autre que toi ne
pénètre jamais auprès de lui ; il n'a ni papier, ni encre, ni
plumes à sa disposition, et ses hurlements, nous nous en
sommes assurés, ne peuvent être entendus au dehors... Va,
Cœlsia, ta patience sera récompensée... Le testament est en
lieu sûr, et Géraud n'a plus la facilité d'en écrire un autre !

Mᵐᵉ Perrotin gémit :

— Ils nous coûteront cher, ces millions-là !... Et... quand
viendront-ils, hélas !

— Avant un mois, si nous continuons à exciter son esprit
par des livres et des gravures érotiques, et ses désirs de chair
par des boissons habilement préparées... Tiens, prends,
Cœlsia !

L'architecte tendait à sa femme un petit flacon de cristal
bouché à l'émeri et contenant une liqueur rougeâtre.

— Qu'est-ce ? dit l'Italienne.

— De la poudre de cantharides... Une dizaine de gouttes
dans sa bouteille de bordeaux, et la liqueur mettra le feu au
sang du vieillard !

Nona-Cœlsia eut une sorte de remords ; sa conscience,
pourtant très élastique, se révoltait :

— Au lieu de jouer avec la vie de cet homme, nous ferions mieux d'en finir tout de suite ; ce serait moins cruel ?

— Je te l'ai proposé ; tu as refusé, maintenant, l'œuvre est trop avancée pour risquer le bagne...

La cloche d'entrée, annonçant que la porte s'ouvrait, retentit dans la cour, et les bourreaux du vieillard tressaillirent.

— Qui peut venir ? grogna l'architecte.

Mais, la lesbienne sautait prestement de son lit :

— Rassure-toi, Honoré... C'est probablement moi qu'on demande... J'attends quelqu'un...

Il s'emportait :

— Tu oublies donc que, jusqu'à nouvel ordre, personne ne doit franchir le seuil de cet hôtel ?

— De ce tombeau! dit, à voix basse, la maîtresse de l'isolé.

Et, haut, à son mari :

— Ce sont deux amies, Madame Emmeline Gédéon, la femme du docteur, et Mademoiselle Blanche Latour, des Fantaisies-Parisiennes.

— Elles viennent te chercher pour sortir?

— Non, pour causer d'une vente de charité où elles sont dames patronnesses...

— Alors, si tu restes ici, je puis m'absenter quelques heures... Je dois voir Le Goëz et Neuenschwander, au sujet de notre société à l'étude.

— Oui, va!

Honoré sortit, et Rosine, ayant annoncé à sa maîtresse que Mme Gédéon et Mlle Latour l'attendaient au salon, Mme Perrotin endossa à la hâte un peignoir et alla rejoindre ses visiteuses.

Elle les trouva graves, comme il sied en les préliminaires d'un duel, et la femme du docteur Hylas, une autre et brune lesbienne, prit la parole :

— Chère Madame, suivant votre désir, nous nous sommes rendues auprès de la baronne de Mirandol qui nous a mises en rapport avec deux de ses amies, la duchesse de Louqsor et lady Fenwick.

— Lady Fenwick... née de Haut-Brion... L'aventure est amusante !

— Ces dames acceptent les conditions que nous leur avons indiquées de votre part, en votre qualité d'offensée.

— Merci... Et la rencontre a lieu?...

— Demain, à onze heures, dans les bois de Fosse-Repose, à Chaville... Et les conditions, je les rappelle : Pas de corsets, chemisettes de soie, pantalon de velocewomen, gants de ville ; reprises de trois minutes... Les corps à corps sont interdits ; le combat devra cesser, lorsque l'état d'infériorité d'une des adversaires aura été reconnu par les doctoresses assistantes.

Nona-Cœlsia admirait l'éloquence de son premier témoin :

— Vous êtes ferrée sur le code du duel, chère Madame!... Moi qui sais manier une épée, tout aussi bien que la baronne Don Juan, mon adversaire, je serais incapable de régler une rencontre!

— Et nous aussi, croyez-le bien, fit, en riant, l'actrice des Fantaisies-Parisiennes, mais nous avons eu recours aux lumières du Dernier Gigolo.

Mme Perrotin observa, effrayée :

— Comment... vous avez dit à Monsieur le marquis d'Artaban que je me battais avec la baronne de Mirandol?

— Soyez tranquille! C'est la duchesse de Louqsor qui s'en est chargée et elle a agi avec la plus grande discrétion...

— Quant au motif du duel? reprit Madame Gédéon.

— Je vous l'ai dit, chère Madame, une discussion à propos d'un cheval!

— C'est aussi la version de la baronne...

— Je n'ai pas grande foi en ce cheval, sourit Blanche Latour, et j'imaginerais plutôt un chevalier...

— On ne peut rien vous cacher!... La voiture?

— Demain matin, à neuf heures précises, nous serons à votre porte avec un landau et des épées.

Mlle Latour et Mme Gédéon se levaient pour partir, lorsque, tout à coup, un gémissement bestial descendit des combles de l'hôtel : on eût dit le râle d'un animal qu'on égorge.

Les deux visiteuses se regardèrent, n'osant interroger Mme Perrotin.

Cœlsia, très pâle, balbutiait :

— Un de nos vieux domestiques atteint d'un rhumatisme articulaire!... Le malheureux souffre comme un damné!

— Urbain, le valet de chambre du baron Géraud, peut-être? demanda, bienveillante et gracieuse, la femme du docteur.

— Justement, Madame.

— Et le baron Tiburce, toujours à son château do Haut-Brion, dans l'Oise?

— Oui, toujours!... Notre pauvre vieil ami s'affaiblit d'heure en heure!... Il lui faut le grand air de la campagne. Les affaires de Monsieur Perrotin nous empêchent de le soigner quotidiennement, mais, nous le voyons tous les dimanches!... Quel malheur pour nous, si nous venions à le perdre!

— En effet, un grand malheur!... A demain, chère Madame...

— A demain, mes bonnes amies!

Dès que les visiteuses se furent éloignées, la digne épouse de l'architecte Honoré s'assit sur un fauteuil de son boudoir et se plongea dans la lecture des journaux de modes, en attendant l'heure de monter chez le baron.

Les hurlements et les gémissements de Tiburce avaient cessé, et dans la grande maison, jadis si bruyante, on n'entendait que le va-et-vient de Rosine et d'Anastase, les deux domestiques relégués en le sous-sol de l'hôtel.

A midi, M™ Perrotin sonna et interpella le valet qui entrait dans le boudoir :

— Le déjeuner de Monsieur le baron, Anastase?

— Il est prêt, Madame.

— Montez-le ici.

— Bien, Madame... Mais, si Madame voulait, je pourrais lui éviter la peine de le porter là-haut?

— Vous savez bien que Monsieur le baron ne veut être servi que par moi... Faites ce que j'ordonne!

Quelques minutes plus tard, Anastase apportait sur un plateau recouvert d'une fine serviette : un pain de luxe, un demi-poulet froid, un morceau de jambon, une salade de laitue, du fromage de Chester, une bouteille de bordeaux et une tasse de café.

Il déposa les victuailles sur un guéridon et s'éloigna.

Nona-Cœlsia attendit un instant, et, certaine que le valet de chambre rentrait dans la cuisine, elle prit la bouteille, la déboucha, et, tirant de sa poche le flacon de cristal remis par Honoré, elle en versa le contenu dans le vin destiné à Tiburce.

Une voix prononça derrière elle :

— Mille pardons, Madame, de me présenter ainsi...

Aussitôt, la femme de l'architecte dissimula le flacon, reposa la bouteille sur la table, et, se retournant, elle vit un prêtre qui lui était inconnu.

L'ecclésiastique paraissait âgé d'une quarantaine d'années, et son visage bruni par les soleils lointains s'encadrait d'une barbe très longue et très noire ; à sa soutane brillait le ruban de chevalier de la Légion d'honneur et il tenait à la main son tricorne à ganse verte.

Comment était-il entré?... Qui l'avait introduit dans ce boudoir retiré de l'hôtel?... Cœlsia ne s'en préoccupait guère, absorbée par la crainte d'avoir été vue versant la malfaisante liqueur.

Le prêtre dit, incliné :

— Madame, je suis l'abbé Raphaël, des Missions apostoliques, et je désirerais voir mon vieil ami, Monsieur le baron Géraud?

Elle murmura, gênée par le regard éclatant du visiteur :

— Monsieur le baron Géraud n'est pas à Paris...

— Ah!... Et où est-il donc?

— A la campagne, Monsieur l'abbé, en son château...

— Vous plairait-il, Madame, de me dire où se trouve cette campagne... où est situé ce château?

La femme de l'architecte se troublait... Pourquoi cet homme, ce prêtre ignoré, lui posait-il de telles questions? Pourquoi parlait-il de Géraud?... Est-ce que, à son insu, le vieillard avait appelé ce missionnaire?

— Je sais seulement, dit-elle, que le château est dans l'Oise ; quant à son nom je l'ignore, ainsi que celui de la commune où il se trouve...

Raphaël sourit en sa barbe brune :

— Comment, vous, Madame Perrotin, l'amie du baron Géraud, vous ignorez où est située sa campagne?... Ah! permettez-moi de m'en étonner !

Déjà, l'Italienne reconnaissait qu'elle avait affaire à un homme plus fort qu'elle, et elle se tint sur ses gardes :

— En déclarant, tout à l'heure, ignorer l'adresse de notre ami, j'agissais d'après ses ordres... Il m'est donc impossible de vous la donner, mais, si vous voulez écrire à Monsieur le baron Géraud, mon mari se fera un plaisir de lui envoyer votre lettre?

Il hocha la tête :

— Non, Madame... Ce que j'ai à communiquer au baron doit être dit de vive voix, et je saurai bien arriver jusqu'à lui...

— Monsieur Géraud ne vous recevra pas... Il est malade, et sa porte est défendue aux amis les plus intimes...

Le prêtre conclut :

— Il me reste, Madame, à m'excuser de vous avoir dérangée...

Et l'abbé Raphaël sortit, laissant Mme Perrotin en une perplexité très grande.

Dans l'antichambre, le missionnaire rencontra Anastase qui l'attendait.

— Eh bien, Monsieur l'abbé, fit le domestique, Madame Perrotin vous a-t-elle introduit auprès du vieux?

— Pas encore, et elle a même nié la présence du baron en cet hôtel...

— Aïe!

Mais, le prêtre changea de ton et d'allures :

— Grelu?

— Monsieur Dardanne?

— Quel médecin soigne le baron?

— Monsieur Géraud ne veut pas en recevoir...

— Il est cependant gravement malade?

— A ce qu'on nous dit!... Jamais, personne à l'exception de Madame, ne pénètre dans sa chambre.

— Il te serait impossible de le voir... ne fût-ce qu'une minute?

— Oh!... tout à fait impossible!

— Tu pourrais lui glisser une lettre sous sa porte?

— Il faudrait pour cela traverser l'ancien appartement de Mme Perrotin, et l'atelier de l'architecte, et quand les geôliers ne sont pas là, l'un ou l'autre, ce qui est rare, toutes les portes, et il y en a cinq à franchir, sont fermées à double tour.

Le Directeur de l'Agence déclara:

— Grelu, tu es un âne!... Je les franchirai, moi, ces cinq portes! Je verrai le baron et il me dira la vérité sur l'histoire d'Esbly!.. A qui était destiné le déjeuner que j'ai vu, sur un plateau, dans le boudoir de Madame Perrotin?

— A Monsieur le baron... Oh!... on le soigne!

— Trop bien, sans doute! dit le prêtre à barbe noire... Grelu, je t'attends demain au rapport, à l'Agence...

— Oui, maître.

Et, Théodore Dardanne, méconnaissable sous l'habit ecclésiastique, descendit, onctueux et grave.

Dans une chambre dépendant de l'ancien appartement des époux Perrotin, en les combles de l'hôtel, le baron Géraud, usé, vieilli, tout blanc et ravagé, assis devant une table, se livrait à un singulier labeur, prêtant l'oreille, de temps à autre, avec la crainte d'être surpris... Faute de ciseaux, il arrachait, de ses doigts, les pages d'un livre, et, dans ces pages, il détachait certaines lettres, quelquefois des mots entiers, qu'il allait cacher sous l'un des coins du tapis de la chambre, soulevé et recloué aussitôt.

Que de ruses! que de patience!

Oh! ce n'était pas l'œuvre d'un fou, mais celle d'un prisonnier travaillant à sa liberté!

Privé, par ses bourreaux, de papier, d'encre et de plumes, Tiburce espérait, grâce aux fragments du livre, constituer une lettre, qu'il tâcherait de faire parvenir à Cloé dont il implorait le pardon, en la suppliant de venir à son secours.

La chambre du vieillard, assez confortablement meublée, tenait à la fois d'une cellule de Mazas et d'un cabanon de la Salpêtrière; on avait matelassé les murailles ainsi que 'es barreaux des fenêtres donnant sur le vaste jardin de l'hôtel; à la porte, un guichet permettait de parler, de l'extérieur, au claustré et de lui passer, au besoin, sa nourriture.

Géraud lisait des ouvrages obscènes dont les analyses et les images érotiques ne manquaient jamais de surchauffer son cerveau et d'exalter ses ardeurs; outre le poison des lectures, Nona-Cœlsia lui versait, un sourire aux lèvres, des liqueurs aphrodisiaques.

Sous la double puissance des breuvages et des lectures, Tiburce perdait la notion des êtres et des choses; des hallucinations étranges le hantaient: il voyait Cloé en les poses lascives des personnages des livres, et à Cloé se joignaient toutes les femmes brunes ou blondes qu'il avait aimées autrefois, et parmi ces vivantes, il faisait revivre des mortes, dans tout l'éclat de leur jeunesse et de leur beauté.

Et, les bras tendus, les yeux fixes, la bouche écumante, Géraud, courait après ces fantômes, à travers la chambre, se heurtant aux murailles heureusement capitonnées, exhalant des appels amoureux, de formidables menaces, jusqu'au moment où, brisé par l'érotisme même de ses désirs, il tombait n'importe où, sans connaissance.

Il avait aussi de longues périodes de calme ; il se réveillait, devenait mystique, passait des journées entières, les mains jointes, les yeux au ciel, à prier avec ferveur ; mais, comme depuis longtemps il avait oublié ses prières, il inventait des oraisons où les noms de Cloé et de Cœlsia remplaçaient ceux de la Vierge et des Saints.

— Mille pardons, Madame, de me présenter ainsi... (Page 9.)

Un jour, Tiburce demanda un livre d'heures, et l'architecte rigolard lui offrit le *Portier des Chartreux*, ouvrage ignoble que le vieillard se mit à épeler, comme un gosse sa leçon.

Les Perrotin, ces monstres, assistaient sans remords à cette humaine débâcle, trop lâches pour terminer d'un seul coup les misères et l'agonie, et espérant, chaque matinée, trouver Géraud mort en une crise.

Ce jour-là — depuis une heure — l'oncle de Cloé, se livrait au découpage de ses livres, lorsqu'il tressaillit à un bruit de pas.... Quelqu'un marchait dans la pièce voisine...

Vivement, l'homme ramassa les morceaux de papier épars sur la table et alla les enfouir dans l'habituelle cachette.

Le guichet de la porte s'ouvrit, et Géraud aperçut le visage souriant de M™ Perrotin.

Nona-Cœlsia interrogeait doucement :

— Es-tu raisonnable, ce matin, mon bon Tiburce ?

— Oui, Cœlsia, très raisonnable.

— Je t'apporte ton déjeuner.

— Eh bien, entre.

— Tu ne me feras pas de scènes, comme l'autre jour ?

— Non, mais, dépêche-toi... En restant là-bas, derrière le guichet, tu me fais trop voir que je suis en prison !

Elle introduisit une clé dans la serrure, entra, posa sur une table de la chambre le déjeuner du baron, en minaudant :

Il se roulait sur le tapis, jetait des hurlements de fauve.
(Page 16.)

— Tiburce, est-ce qu'on ne bise pas sa Cœlsia, aujourd'hui ?

D'un geste d'angoisse, le vieillard montra la porte déjà refermée :

— Quand serai-je libre ?... Quand me permettra-t on de franchir le seuil de cette porte ? Quand pourrai-je circuler à ma guise... dans mon hôtel ?

— Mais, tu es libre, Tiburce, complètement libre !... S

notre amitié pour toi nous a obligés et nous oblige à te faire garder la chambre, c'est que tu as été... que tu es encore malade !

— Mon argent ?... ma fortune ?... qu'en faites-vous pendant ce temps-là ?

— Honoré s'en occupe... Ta fortune est en bonnes mains.

— Je ne veux pas que tu me parles de ton mari !... Honoré est un brigand, et si Cloé n'a pas voulu de moi, c'est sa faute !... Mes domestiques, où sont-ils ?

— En bas, à l'office.

— Urbain !... Je veux voir Urbain... Les autres, je m'en moque !

— Tu le verras, un de ces jours... Il a dû s'absenter pour affaires de famille.

— Tu mens !

— Non, Tiburce, je ne mens pas !

— Est-ce que tu t'imagines que je ne m'aperçois pas que vous me séquestrez... que vous voulez me faire mourir de rage ?

— Oh ! Tiburce, quelle horrible idée !

— J'ai pourtant toujours été bon pour toi ?

— Oui.

— Généreux ?

— Oui, Tiburce, oui.

— Alors, pourquoi cet effroyable supplice de l'isolement, de l'incarcération ?

Et, tout à coup, se redressant :

— Sais-tu ce qui arrivera bientôt, Cœlsia ?

— Non... Qu'arrivera-t-il ?

— Un grand malheur !... Je perdrai tout à fait la tête, et au moment où tu entreras dans cette chambre, je sauterai sur toi, et je t'étranglerai !... J'en ai eu bien des fois la pensée, et je lutte !

La femme de l'architecte était habituée à ce genre de scènes ; elle avait un moyen de calmer le vieillard, et elle dit, luxurieuse :

— Oh ! tu ne feras pas cela, Tiburce ! On n'étrangle pas ceux qu'on aime !... Et tu m'aimes !... Tu m'adores !

Il balbutia :

— Je t'ai aimée et adorée jadis ; maintenant, je te

déteste!... Seule, Cloé vit, immortelle, dans mon esprit et dans ma chair !

Mᵐᵉ Perrotin lui entourait le cou de ses doigts voluptueux :

— Ce n'est pas vrai ! Tu m'aimes encore ! Tu m'aimes plus que tu n'aimes Cloé!... Voyons, regarde-moi, et ose me dire que ta Cœlsia n'est pas toujours gentille et désirable?

Et l'entraînant, subjugué, vers la table :

— Aujourd'hui, je déjeune avec toi et l'on va s'amuser !

— Ah ! il y a si longtemps !

Et, toujours, même comédie. L'Italienne était sûre de sa toute-puissance : elle savait que cet homme usé, détraqué, lui appartiendrait jusqu'au tombeau !

Ils se mirent à table, et Mᵐᵉ Perrotin se montra charmante, servant le détenu et lui versant à plein verre le vin qu'elle avait préparé.

Or, l'effet du breuvage ne se fit pas longtemps attendre... Tiburce, l'œil injecté saisit la misérable entre ses bras :

— Cloé!... Tu es Cloé!... Cloé est retrouvée! Viens! Viens!

Le baron voulut l'emporter, mais Cœlsia, très robuste, se dégagea facilement et bondit hors de la chambre dont elle referma la porte à double tour; puis, derrière le guichet entr'ouvert, elle observa le vieillard.

Debout, il semblait écouter et murmurait :

— Cloé est partie! Je l'entends marcher, légère !... Elle va revenir... revenir! revenir!... Ah! la voici!... Comme elle est grande sans vêtements!... Je n'avais jamais admiré ses chairs nues... ses intimes trésors d'amour!... Ils me brû-lent !... Ils m'aveuglent!... Pourquoi n'as-tu pas toujours été ainsi, ô Cloé?... Je n'aurais plus aimé Cœlsia!... Mais, elle est là aussi, Cœlsia... nue comme mon adorée !... Tant mieux! Cloé, Cœlsia, et toutes les autres!... Il y en a cent! Elles sont mille!... Je les aimerai toutes... Je veux une moisson vivante de femmes !... Je veux sentir leur parfum, me réchauffer à leur chaleur, m'irradier de leur lumière!

Le corps penché, les mains étendues comme pour saisir des êtres au passage et s'élancer sur les proies, il rugissait :

— Elles sont trop loin ; et, enchaîné, je ne puis les attein-dre... Elles se moquent de moi!... Elles rient de ma faiblesse! Cloé chante... elle chante cette chanson qui est là, imprimée dans ce livre !

Il restait sous le charme de la voix lointaine ; puis, au paroxysme de la fureur d'amour, il hurla :

— Mais, venez donc !... Femmes, je vous veux !... Femmes, je vous désire !... toutes !... toutes !... Ne brillez pas tant ; vous m'incendiez les yeux '... Ne parlez pas si fort ; vous me déchirez les oreilles, et vos voix résonnent comme des coups de tonnerre !...De l'ombre et du silence !... Ma tête éclate !... Mes membres se tordent !... J'ai du feu dans la gorge !... De l'eau !... Non, de l'amour !... Vous voilà ' C'est bien heureux !... De l'amour !... Cloé... Cœlsia... de l'amour ?... Par pitié, de l'amour ?

Il se roulait sur le tapis, jetait des hurlements de fauve, et tout à coup, ses membres se détendirent, et il demeura immobile, comme en extase...

Derrière le guichet, Mᵐᵉ Perrotin lui montrait sa langue...

L'homme gémit, plein de douleur, et il éclata en sanglots.

Le lendemain matin, à neuf heures, un landau fermé emmenait l'Italienne, ses deux témoins, Mᵐᵉ Gédéon, Mˡˡᵉ Latour et une blonde doctoresse, Mˡˡᵉ Geneviève Saint-Phar, vers le lieu de la rencontre.

Une matinée superbe. L'actrice égayait la route avec des histoires boulevardières, et un soleil hivernal dorait les cimes dépouillées des arbres, quand on s'arrêta à l'orée des bois de Fosse-Repose.

Mᵐᵉ Huguette de Mirandol, arrivée, depuis un instant, à Chaville, en compagnie de lady Fenwick, de la duchesse de Louqsor et d'une doctoresse brune, Mᵐᵉ Desmont, attendait.

Des saluts s'échangèrent, et l'on eut bientôt trouvé un terrain propice au duel.

C'était une clairière, environnée de grands arbres, et dont le sol, très sec et recouvert d'un fin gravier, annonçait tous les avantages d'une piste idéale.

Un silence régnait dans le bois discret, interrompu seulement par le murmure de la brise.

Le sort désigna les épées de la baronne ; Cœlsia eut le choix de la place et tourna le dos à l'astre rayonnant dans sa gloire.

Très grave, la duchesse de Louqsor répétait aux adversaires les conditions de la rencontre, — et jamais les deux ennemies, ayant enlevé leurs fourrures, ne semblèrent si belles et attractives qu'en tenue de combat.

Elles portaient des chemisettes de soie, l'une, rose, et l'autre, bleue, passées en un pantalon sombre et bouffant de cycliste; la baronne était coiffée d'un feutre gris à larges bords, rappelant le chapeau des mousquetaires, et les cheveux noirs de l'Italienne s'enorgueillissaient d'une toque de loutre.

Gantées à la Crispin, elles s'emparèrent des épées; Mme de Louqsor, qui dirigeait le duel, réunit les deux pointes et commanda :

— Allez, Mesdames !

Nona-Cœlsia et Huguette tombèrent en garde, d'aplomb sur leurs hanches, le corps bien effacé, et, à quelques pas d'elles, les témoins et les doctoresses vinrent se ranger, prêtes à intervenir.

Mme Don Juan paraissait plus forte, plus sûre d'elle-même, mais Cœlsia, plus souple, plus rusée, avait des attaques et des parades brusques, des voltes et des sursauts qui dénotaient l'école de son pays.

Une première reprise eut lieu sans résultat; et, à la deuxième, une égale fureur anima les combattantes.

Sur un coup droit prestement envoyé par la baronne, l'étrangère exécutait une habile riposte, et, à la hauteur de la saignée; la chemisette de Mme Don Juan se ponctua d'une tache vermeille.

— Halte ! ordonna la duchesse de Louqsor.

— Ce n'est rien ! dit la reine de Lesbos... Continuons !...

Mais, déjà, les témoins et les doctoresses examinaient la blessure, et comme la chair seulement effleurée ne mettait pas la baronne de Mirandol en un état d'infériorité manifeste, le duel suivit son cours.

Dès l'engagement de la troisième reprise, l'Italienne jetait un cri et chancelait, touchée à l'épaule.

On s'empressa autour d'elle.

Un cri avait répondu à celui de la blessée, et une jeune et blonde fille, s'élança des buissons où elle regardait le duel des lesbiennes.

— Ah! Madame! quel malheur !

Pendant que les doctoresses soignaient la femme de l'architecte, dont la blessure était d'ailleurs peu grave, Mme Don Juan s'approcha de la jeune fille et dit, galante, très aimable :

— Savez-vous, Mademoiselle, que vous êtes fort curieuse !

— Excusez-moi, Madame, répondit l'autre... Je passais... Je vous ai entendues... Je vous ai vues... et, malgré moi, je me suis arrêtée derrière ces broussailles... Quand vous avez été touchée au bras, déjà, j'ai failli bondir vers vous, et, en voyant cette pauvre dame chanceler et pâlir, je n'ai pu résister... Pardon, Madame ?

Huguette la dévorait de ses regards brûlants :

— Vous avez un bon petit cœur, Mademoiselle... Comment vous nommez vous ?

— Emma Delpuget.

— Vous habitez Chaville ?

— Oui, une petite villa tout près d'ici, avec mon père et ma sœur.

Et, inquiète :

— Cette pauvre dame est-elle dangereusement blessée ?

— J'espère que non.

— Et vous, Madame? Vous devez souffrir... J'aperçois du sang à votre manche...

— Oui... un peu...

— Si vous vouliez venir vous reposer un instant à la maison, mon père, ma sœur et moi serions heureux de vous recevoir ?

La baronne observait encore Emma, et ses yeux flamboyèrent :

— Pour ma part, j'accepte...

— Et l'autre dame ?

— Je vais m'informer...

Et, enveloppant toujours la jolie blonde de son regard charmeur :

— Attendez-moi là... Je reviens, ma chérie...

Mme Don Juan se rapprocha de son adversaire qui était debout, prête à partir ; elle lui tendit la main, et la réconciliation fut scellée par un baiser, trop chaud pour ne pas révéler d'anciennes amours.

Lady Fenwick, la duchesse de Louqsor et la doctoresse Saint-Phar rejoignirent seules le landau, car Huguette déclara vouloir rester à Chaville, ayant le désir d'y chercher et d'y louer une maison de campagne.

On connaissait les originalités de Mme Don Juan, et personne ne protesta contre cette fantaisie.

Adversaire, doctoresses et témoins disparurent, et la baronne courut à Emma Delpuget.

— Mignonne, dit-elle, je suis toute à vous et heureuse de vous connaître davantage !... Vous habitez, m'avez-vous dit, dans les environs ?

— Oui, Madame, là-bas, derrière ces grands arbres..,

— Avant de me présenter chez votre père, fit tendrement la reine de Lesbos, il est indispensable que je vous dise comment je me nomme...

—. Je n'ai pas osé vous le demander, Madame.

— Je m'appelle la baronne Huguette de Mirandol... Conduisez-moi, chère...

Ce fut un honneur pour les Delpuget de recevoir une si grande dame. Huguette se montra simple, douce, aimable; elle inventa une histoire pour son duel, et les braves gens, éblouis, demeurèrent sous le charme.

Ils ne se doutèrent pas, les malheureux, que la jeune Emma, en amenant Huguette, venait d'introduire la louve dans la bergerie ; ils croyaient même à une intervention de la Providence : en effet, Mme Don Juan se laissait attendrir devant la gêne de la famille et demandait à Emma d'entrer chez elle, comme lectrice.

Et, le lendemain, joyeuse et naïve, la blonde fille que son mauvais destin conduisit dans les bois, au moment du duel des amoureuses, sonnait à la porte de l'hôtel Mirandol, boulevard Malesherbes, et faisait son entrée dans le royaume de Lesbos.

Pauvre Emma ! Pauvre innocente ! Elle espérait ainsi ne plus être à la charge du vieux père, l'ex-caissier de Le Goëz, et de sa sœur aînée la téléphoniste, et vivre honorable, en attendant son mariage avec le jeune officier Etienne Delarue, l'un des michetons de Blanche Latour.

Etienne et Emma s'aimaient de toute l'ardeur et de toute la croyance de leur belle jeunesse, et le lieutenant allait bientôt rompre avec la maîtresse en titre et si peu nominative d'Edgard Bazinet.

Un autre amoureux lui succéderait, rue de la Boëtie, et la Dévorante d'hommes mènerait toujours à cinq, les quatre michetons aux brancards et le michet, le notaire, en flèche.

Et pendant que Mme Delarue, la mère du lieutenant de chasseurs, femme très mystérieuse, à en juger par ses diverses allures en des maisons éloignées l'une de l'autre, se réjouissait de la sagesse d'Etienne, Mlle Latour continuait à amasser des rentes.

Arthur de La Plaçade guettait le magot de Blanche, et sans oublier les rancunes envers lady Fenwick et les intentions matrimoniales et industrielles auprès de la vieille Sainte-Radegonde, il honorait de ses faveurs l'actrice et Mme Perrotin.

La femme de l'architecte, à l'encontre de Mme Don Juan seulement lesbienne, aimait les deux sexes, et le double état psychologique et pathologique du mari inspira cette boutade audacieuse, mais bien nouvelle et cinglante au Dernier Gigolo :

— Perrotin, même en ôtant son chapeau, même en se baissant, même en rampant, ne passerait pas sous la porte Saint-Denis, il est cocu... et coc...on! C'est le roi des maris, et l'architecte devrait bien élever à sa gloire un Arc-de-triomphe avec d'immenses cornes parlantes !

II

EPUIS la veille, Emma Delpuget était installée chez Mme Don Juan, à l'hôtel du boulevard Malesherbes, et la baronne Huguette lui avait donné une chambre contiguë à ses appartements.

Heureuse et confiante, la lectrice dormit, cette nuit-là, dans la sérénité des vierges.

Or, au matin, une douce chaleur la réveilla, et comme le jour commençait à pénétrer en la chambre, Emma vit couchée près d'elle la baronne de Mirandol.

La jeune fille, toute stupéfaite, murmurait, craintive :

— Ah ! c'est vous ?... vous, Madame la baronne ?

Huguette se mit à rire :

— Eh bien, oui, c'est moi, mignonne... Est-ce que je vous dérange ?

— Pas du tout... mais...

— J'avais un cauchemar... un cauchemar abominable !... Alors, je suis venue... doucement..., si doucement, que je ne vous ai pas même réveillée... J'ai bien fait, n'est-ce pas, ma chérie ?

Mlle Delpuget sautait à bas du lit et se vêtissait à la hâte :

— Comment, vous vous levez ? cria la baronne.

— Je vous gênerais, Madame...

— Il fait à peine jour !

— Oh ! je suis matinale, Madame la baronne !

— Voilà une habitude qu'il faudra perdre ici !... Allons, revenez auprès de moi, mon enfant... Nous causerons...

Mais, Emma se retirait dans le cabinet de toilette ; elle

éprouvait une gêne, une angoisse, qu'elle ne pouvait s'expliquer encore... Cette femme, cette grande dame au regard de feu, la bouleversait, la rendait toute honteuse... Pourtant, bien souvent, à Chaville, Fanny venait la retrouver dans son lit, ou bien c'était elle qui allait rejoindre sa sœur, et elles avaient de longues, et douces, et fraternelles causeries; mais, avec Mme de Mirandol, toute la virginale pudeur de la jeune fille se révoltait, et elle n'aurait pu s'attarder en chemise devant Huguette, ou faire ses ablutions, sans rougir, comme en présence d'un homme.

Elle dit, pudique :

— Permettez-moi, Madame, de finir ma toilette?

La baronne eut un mouvement d'humeur :

— Veuillez, d'abord, aller chercher, dans ma chambre, ma boîte à cigarettes; vous la trouverez sur la table de nuit...

Et comme la lectrice tardait à répondre, elle gronda, nerveuse :

— Avez-vous entendu, Mademoiselle?

— Oui, Madame, je suis à vous...

Deux minutes s'écoulèrent, et Mlle Delpuget, soulevant une portière de soie vieux rose, sortit du cabinet de toilette.

La jeune lectrice était enveloppée d'un peignoir de flanelle bleue; ses blonds cheveux, encore humides, flottaient sur ses épaules, et elle apportait avec elle une bonne odeur de jeunesse et de santé.

Elle se dirigeait vers la chambre voisine pour aller chercher les cigarettes.

Mme Don Juan l'arrêta :

— Inutile, Mademoiselle ! Je n'ai plus envie de fumer... J'ai une autre idée...

Et, contemplant la blondinette :

— Quelle magnifique chevelure vous avez, Emma !

— Oh! Madame la baronne, si vous voyiez celle de ma sœur Fanny, elle est bien plus longue et bien plus épaisse encore !

— Peut-être ! Mais, votre sœur n'a pas votre doux et gracieux visage !

Huguette sortit du lit, vêtue d'une longue robe de mousseline, dont la transparence voulue laissait voir ses chairs

rosées et ses formes sculpturales; elle indiqua une chaise
basse à la lectrice :

— Asseyez-vous là, mignonne... Je vais vous coiffer...

— Ah! Madame! se défendit Emma, confuse et rougissante.

— Eh bien, quoi? Est-ce que vous ne vous êtes jamais
laissé coiffer par une amie... par votre sœur?

— Si, Madame... mais, ce n'est pas la même chose...

— Mettez-vous là ; je le veux !

Et, rieuse :

— Vous allez voir!... Je suis une artiste, moi... aussi forte
que l'illustre Victor Chevrier, et ce n'est pas peu dire !

Toute effarouchée, Mlle Delpuget prit place sur une chaise,
et la baronne, relevant ses manches, et armée d'un peigne
d'ivoire, et, tour à tour, d'autres ustensiles du cabinet de toilette, se mit à l'œuvre, épandant, brossant et tordant de ses
mains aristocratiques l'abondante toison.

Elle se baissait sur la jeune fille, la brûlait de son haleine :

— Vous me passerez les épingles, bébé...

Et elle lui tendit un paquet de fourches d'écaille.

Puis, tout en travaillant, la baronne demanda :

— Où étiez-vous, mon ange, avant d'habiter avec monsieur votre père à Chaville ?... En pension, évidemment?

— Oui, madame, en pension, à Passy, rue de la Pompe.

— Chez Madame Malézieux?

— Vous connaissez la pension Malézieux, Madame la
baronne?

— Non, mais beaucoup de mes amies y ont été élevées...
C'est une excellente pension, où l'on apprend... bien des
choses!... Avez-vous entendu parler de Faustine de Puypelat?

Emma rougit et d'une rougeur jusqu'alors inconnue. Oh!
oui, elle avait entendu parler de cette Faustine, une ancienne,
chassée du pensionnat, pour une cause mystérieuse et si
grave que, chez Mme Malézieux, c'était une tradition d'évoquer le brusque renvoi de Faustine et les aventures du dor-
toir, mais en cachette et à voix basse, et seulement parmi les
plus hardies des élèves.

La lectrice répondait :

— Oui, Madame mais, cette demoiselle a quitté la pension
depuis nombre d'années.

— Faustine doit avoir mon âge... à peine vingt-cinq ans. Donnez-moi une épingle?

La baronne ramenait les cheveux de sa jeune idole en forme de casque, au sommet de la tête, dégageait des blondeurs les légers frisons sur la nuque, et elle avait un plaisir infini à promener ses doigts le long des chairs liliales.

Or, au matin, une douce chaleur la réveilla. (Page 21.)

— Emma, aviez-vous une amie que vous préfériez aux autres?

— Je portais à toutes mes compagnes une affection égale.

— C'est étrange !... Ordinairement, on a une préférence !

Et, en elle-même, Huguette observa :

— Education à faire !

Mᵐᵉ de Mirandol n'avait pas menti, en affirmant égaler Victor Chevrier, le célèbre coiffeur pour dames ; elle venait d'exécuter un chef-d'œuvre capillaire, déposait le peigne, faisait jouer les vaporisateurs d'iris et de verveine autour de la tête blonde, et s'écriait, orgueilleuse :

— Regardez-vous dans la glace, mademoiselle, et dites-moi, si jamais vous avez vu une aussi jolie fille ?

Debout, devant le miroir, Emma souriait, faisait des
grâces ; elle avait peine à se reconnaître, tant elle se trouvait
embellie : aux
simples et on-
duleux ban-
deaux de la
chevelure succédait un
édifice de nattes, de
bouffants, de frisettes,
en harmo-
nie avec
sa blonde
beauté, et
qui la ren-
daient plus

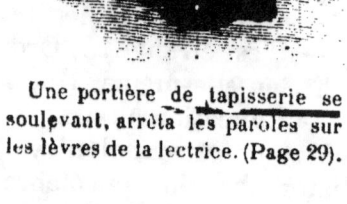

charmante
et plus dé-
sirable.

Huguette lui
ouvrit les bras :

— Maintenant,
pour ma récom-
pense, venez
m'embrasser, mignonne ?

— Oh ! de tout cœur, Madame !

Elle tendit son front virginal,
mais le baiser de la reine de Lesbos glissa et vint s'appliquer sur
la bouche de la jeune fille.

Emma eut la sensation d'une ardente brûlure et recula, troublée :

— Madame la baronne !... Madame la baronne !...

— Quoi donc, petite ?... Est-ce que je n'ai pas le droit de
vous embrasser ?

— Si, Madame... mais...

Une portière de tapisserie se
soulevant, arrêta les paroles sur
les lèvres de la lectrice. (Page 29).

Et tout bas, Mme Don Juan roucoulait :

— Elle ne sait rien! absolument rien!... Ce sera meilleur!...

On venait annoncer à la baronne de Mirandol que le marquis d'Artaban l'attendait dans la salle d'armes; Huguette quitta Emma, avec l'espérance de la retrouver seule au déjeuner.

Mais, le Dernier Gigolo, après un assaut des plus brillants, s'invita lui-même à partager le repas de son élève. On eût dit que ce diable d'homme sentait la chair fraîche!

La baronne de Mirandol, malgré son grand désir de cacher Emma à tous les yeux, se vit contrainte de présenter la jeune lectrice au gentilhomme; Achille s'en pourlécha les lèvres, et, pendant tout le déjeuner, ce fut un feu roulant d'allusions très osées, à l'adresse de la lesbienne.

Huguette, vexée, tâchait de lire sur le visage d'Emma l'impression produite par les paroles du Dernier Gigolo, mais la jeune fille écoutait, sans les comprendre, les mots à double entente et les termes du vocabulaire boulevardier.

Achille ne resta pas longtemps; il était attendu, ce jour-là, chez la duchesse de Louqsor, et la baronne, ayant accueilli son départ comme une délivrance, interrogea la lectrice amie :

— Voyons, chère, comment trouvez-vous Monsieur d'Artaban?

Vive et franche, Mlle Delpuget répondit :

— Je le trouve très bien, Madame la baronne, et, surtout, fort aimable!

— Si vous aviez à choisir entre lui et moi, qui choisiriez-vous? lança, irréfléchie, la reine de Lesbos.

— Vous! vous!... mille fois vous, Madame la baronne!

Emma articulait ces mots dans toute la naïveté de son âme de vierge, et, cependant, Huguette ne put réprimer un tressaillement joyeux.

— Alors, vous m'aimez... un peu, mignonne?

— Beaucoup, Madame, et il me semble que quand je vous connaîtrai mieux je vous aimerai encore davantage!

Elles étaient entrées dans un boudoir, capitonné de soie mauve, avec, partout, des fleurs, notamment des roses, la passion de Mme de Mirandol.

Toutes deux s'assirent en un divan; Huguette posa la main sur la poitrine de sa jeune lectrice :

— Et ce petit cœur, a-t-il jamais battu pour un amoureux?

Emma baissait les yeux, et Mme Don Juan sentit battre plus fort et même tressauter sous sa main le petit cœur dont elle était jalouse.

— Alors... vous aimez... un homme? Parlez ; soyez loyale, Mademoiselle?

La lectrice déclarait hautement :

— Oui, Madame, et celui que j'aime sera, un jour, mon mari...

— Votre mari? Vous avez dit « votre mari » ?...

— Sitôt que mon père aura pu réunir la dot réglementaire... car hélas! nous sommes loin... très loin d'être riches !

— Ah! un militaire?... dit Huguette, avec un ricanement perfide... Et il s'appelle, cet heureux mortel?

— Etienne Delarue.

— Je le connais... Je l'ai vu à la Redoute de lady Fenwick... Alors, c'est sérieux? Vous avez l'intention d'épouser ce petit officier insignifiant?

— Oui, Madame... Et Etienne Delarue est digne de mon amour...

Mme Don Juan éclata :

— Vous ne ferez pas une telle sottise! Vous n'épouserez pas ce garçon !

— Et... pourquoi, madame?

— Pourquoi?... pourquoi?... Eh!... parbleu! parce que c'est un homme !

Emma leva sur la baronne des regards ahuris :

— Avec qui une jeune fille se marierait-elle, si ce n'est avec un homme?

— Je vous dirai ça plus tard... demain... ce soir, peut-être!... Mais, vous ne connaissez pas encore mon hôtel... Je vais vous le faire visiter... Venez, chère, et ensuite, nous irons au Bois, pour le tour du lac, en voiture... Je vous mènerai aussi au théâtre !... Je ne veux pas que vous vous ennuyiez ici! Je désire que vous viviez auprès de moi, heureuse... très heureuse...

Les yeux de la lesbienne flamboyaient et tout son corps palpitait de luxure.

Emma, troublée jusqu'au plus profond de son être, ne s'expliquait pas ses sentiments multiples et nouveaux : la baronne de Mirandol était pour elle un sujet d'étonnement mêlé d'effroi et d'une instinctive défiance, une énigme vivante, un problème dont la solution demeurait redoutable.

Huguette entraînait la lectrice vers l'escalier secret menant au salon rouge, lorsque les deux négresses Akmé et Aïssa parurent, drapées en leur costume oriental.

Depuis la veille au soir, Mlle Delpuget avait vu plusieurs fois les esclaves de Mme de Mirandol, et elle les considérait comme des personnages fantastiques échappés du rêve ou des légendes, et terribles avec leur peau d'ébène, leurs grands yeux blancs, leur dents pointues, leurs jambes et leurs bras cerclés d'or et leurs voyantes et magnifiques étoffes.

Tout, autour d'elle, semblait à Emma extraordinaire et fabuleux en cette maison, autant la baronne et ses étranges allures que ces filles de Mauritanie, cariatides vivantes, robustes comme des tigresses, humbles comme des chiennes.

Mme Don Juan les interpella :

— Qu'est-ce que vous voulez, vous autres ? Pourquoi venez-vous, en dehors des sonneries ?

Akmé s'inclina profondément, la main au cœur :

— Maîtresse, nous avons cru bien faire... Il y a au salon une demoiselle qui demande à parler à Mademoiselle Emma...

— Son nom ?

— Fanny Delpuget.

— Ma sœur !... C'est ma sœur ! dit, joyeuse, la lectrice... Madame la baronne, permettez-moi d'aller l'embrasser ?

— Soit ! fit Huguette... Allez, Mademoiselle, mais revenez vite !

La jeune fille partit en courant, et vint au salon, se jeter entre les bras de la grande sœur, l'employée du téléphone.

— Fanny ! ma chère Fanny !... que je suis heureuse de te voir !... Tu ne travailles donc pas aujourd'hui ?

— Travailler ? J'avais bien trop envie de prendre de tes nouvelles !... J'ai obtenu un jour de congé, et me voilà !

Ces deux enfants s'étaient quittées, la veille ; et, à observer

leur joie, et à entendre crépiter leurs baisers fraternels, on
eût dit qu'elles se retrouvaient après une longue absence.

Emma demandait :

— Pourquoi père n'est-il pas venu avec toi ?

— Il court Paris, dans ce moment, à la recherche d'un
emploi... Il se désole de son inactivité, le pauvre père !... Il
viendra te voir cet après-midi... Maintenant, parlons de
toi... Dis, te plais-tu ici ?... Es-tu contente ?

— Oui, sœur, très contente, soupira tristement la fiancée
d'Étienne Delarue.

Fanny l'avait prise par les mains et la regardait, inquiète
et attentive :

— Comme tu me dis cela, petite sœur ?

Et voyant deux larmes briller aux paupières de la jeune
lectrice :

— Tu pleures, Emma ? Pourquoi pleures-tu ? Je veux le
savoir ?

— Je suis folle ! dit la cadette, en essayant de rire.

— Est-ce que Madame de Mirandol n'est pas bonne pour
toi ?

— Oh ! si, très bonne !

— On ne t'humilie pas ? On ne te traite pas... en domestique ?

— Au contraire ! Madame la baronne se montre pleine
d'égards envers moi ; elle me fait manger à sa table, et elle
m'a donné une chambre, à côté de la sienne...

— Alors, pourquoi ce chagrin ? Pourquoi ces larmes ? Je
ne te comprends pas !

La lectrice murmurait :

— Je ne me comprends pas moi-même !... Ici, en ce palais,
tout est trop beau, trop grand, trop en dehors de ce que
j'avais l'habitude de voir autour de nous !... Il me semble
qu'un grand malheur plane sur ma tête... qu'il va m'arriver
quelque chose d'horrible !... Tout m'effraye... oui... tout...
jusqu'à l'amitié excessive de Madame la baronne !... Ima-
gine-toi, Fanny, que, ce matin, en me réveillant... j'ai trouvé
Madame de Mirandol...

Une portière de tapisserie se soulevant, arrêta les paroles
sur les lèvres de la lectrice, et Huguette, calme et fière, entra
dans le salon.

— Elle écoutait ! fit Emma à l'oreille de sa sœur.

— Oh ! quelle idée !

— Je te dis qu'elle écoutait !

Mme Don Juan s'avançait, souriante, vers Fanny, mais à l'éclat rouge des yeux, on devinait que le sourire était un masque.

Elle répondit aux hommages de la téléphoniste, et, s'adressant à sa lectrice :

— Allez vous habiller, mon enfant... Je vous emmène avec moi, chez mon couturier et chez ma modiste.

Et à Fanny :

— Je regrette, Mademoiselle, d'interrompre la causerie et de ne pouvoir vous prier d'accompagner votre sœur... Ma voiture ne contient que quatre places, et j'ai promis à deux de mes amies d'aller les prendre. Mon hôtel vous sera toujours ouvert, quand vous voudrez bien visiter votre sœur !... Malheureusement, les visites seront rares, n'est-ce pas ?... Vous devez être très occupée à votre administration ?

— Oui, Madame... très... très occupée ! Mais, puisque vous m'y autorisez... quelquefois... le dimanche...

— C'est cela, Mademoiselle... quelquefois, le dimanche !

Fanny s'en alla, le cœur gros, prévoyant que la baronne de Mirandol voulait élever une barrière entre elle et sa sœur, mais elle se consolait, heureuse de savoir Emma si bien installée en cet hôtel dont elle venait d'admirer l'installation fastueuse ; et puis, à mesure qu'elle s'éloignait pour se rendre à Chaville où son père ne devait la rejoindre que le soir, elle se moqua d'elle-même... N'était-elle pas assez honorée d'avoir été reçue au salon, comme une égale, par cette hautaine baronne ? Allô ! Allô, la téléphoniste !... Que pouvait-elle désirer de plus ? qu'on l'invitât à dîner, peut-être avec des marquises et des duchesses ? qu'on la menât à l'Opéra, aux bals du faubourg Saint-Germain, qu'on lui offrît la place d'honneur dans le huit-ressorts de Mme de Mirandol pour aller aux Courses ?

Et, très égayée de cette idée, elle regarda sa robe noire et simple de petite bourgeoise pauvre, son manchon de dix francs, ses bottines à double semelle, ses gants usés, arriva à la gare Saint-Lazare, monta en chemin de fer, dans une troisième classe, et, insouciante des voisins, se mit encore à rire

de ses pensées comiques de grandeur, et qu'elle voyait s'évanouir parmi les fumées de la locomotive :

— Trop d'ambition, Mademoiselle Delpuget... Allô !...
Allô !... Le téléphone !

Au moment de sortir avec Emma, Huguette reçut la visite
de la duchesse Daisy de Louqsor et de lady Cloé Fenwick ;
ces dames venaient prendre des nouvelles de la blessée...
Ah ! bien, oui, sa blessure !... Mme Don Juan ne songeait guère
à ce coup de pointe qui ne laisserait aucune trace ; mais,
ce qui l'attrista un instant, ce fut d'apprendre qu'il n'en
était pas de même de son adversaire ; Mme Perrotin se trouvait au lit, en proie à la fièvre, et le docteur Gédéon redoutait
des complications sérieuses.

Libre à quatre heures, la baronne de Mirandol put enfin
monter en voiture avec sa lectrice, et ce fut pour Emma un
après-midi de rêve , une halte chez la modiste, puis dans les
salons somptueux de Vestris, le célèbre couturier de l'avenue
de l'Opéra, et, vers six heures, au retour du Bois, une station
chez un pâtissier à la mode, rue Castiglione, en face la grille
des Tuileries.

Mme Don Juan fit apporter des gâteaux parisiens et des consommations américaines.

Emma n'osait refuser de boire, et les mixtures de champagne, de wiskey et de gin l'exaltèrent.

Elle vit, sans y ajouter d'importance, de beaux messieurs
et de belles dames ricaner et se parler bas, en regardant la
baronne.

Une femme très élégante se leva d'une table voisine,
marcha, la main tendue, vers Mme de Mirandol et lui dit à
l'oreille :

— Bonjour, Huguet...

Mme Don Juan échangea un shake-hands avec la cliente :

— Bonjour, Mathilde... Laisse-nous, ma fille...

Mlle Romain, curieu , insistait :

— Vous ne voulez pas m'offrir quelque chose ?

— Non ! Va-t'en !

— Mon bel Huguet, continuait la Vénus des Fantaisies-
Parisiennes, ce n'est pas gentil de me lâcher ?

— Je te reverrai peut-être, mais, ne me gêne pas...Tu vois
bien que je ne suis pas seule ?

Alors, Vénus campa sur son nez un fin lorgnon d'écaille et dévisagea la lectrice; puis, se penchant encore vers Huguette, dont la beauté allumait les yeux des hommes et des femmes :

— Mes compliments, cher Huguet, elle est délicieuse, ma remplaçante... et si, un jour ou une nuit, vous en avez assez, je me contenterai des restes du festin...

Et elle retourna à sa place où un garçon venait de lui servir des biscuits et du madère.

— Partons, ma chérie ! dit Mᵐᵉ de Mirandol, en se levant.

Elle jeta un louis sur la table, et, sans attendre la monnaie, elle entraîna Emma dans sa voiture.

— A l'hôtel, et au pas !... commanda Madame Don Juan au valet de pied qui refermait la portière.

Et, l'équipage en marche, Huguette saisit vivement la main de sa lectrice :

— Qu'avez-vous donc, ma belle... Vous paraissez songeuse?

— Je me sens étourdie... J'ai des éblouissements, et ma tête est lourde... lourde !...

Un rire diabolique illumina la femme si ardemment et si naïvement désirée comme épouse légitime par le prince Vorontzow :

— Vous n'aviez peut-être jamais bu de champagne?

— Si... une fois... Il y a bien longtemps, le jour de la fête de mon père, mais le vin était moins violent...

— Et plus banal que le cocktail !... Souriez-moi?... J'aime votre joli sourire...

Elle lui passa un bras derrière la nuque, mais, la jeune fille ne tressaillit même pas ; ses paupières alourdies se fermaient et son corps demeurait inerte.

Bientôt, Emma, revenue à elle, se dégagea doucement de l'étreinte :

— Je vous demande pardon, Madame, je m'endormais... Maudit vin de Champagne! Je n'en boirai plus jamais !

— Vous allez mieux?

— Oui... mais, pendant un moment, surtout là-bas, chez le pâtissier, j'ai perdu la faculté de penser...

— Alors, hésita la lesbienne, vous n'avez pas remarqué cette dame qui me parlait... à voix basse?

— Celle que vous appeliez « Mathilde » ?

— Oui.

— Si, très bien... Et pourquoi vous donnait-elle un nom d'homme?... Elle vous appelait « Huguet ».

— Vous vous êtes trompée, chère!

— C'est possible, mais pourquoi, en me regardant avec une persistance singulière, vous a-t-elle dit : « Mes compliments! Elle est délicieuse, ma remplaçante, et si un jour ou une nuit, vous en avez assez?... » Je ne me souviens plus... Elle a aussi parlé d'un festin... Est-ce que cette dame serait votre ancienne lectrice, madame la baronne?

La calèche s'arrêtait devant le perron de l'hôtel ; un valet de pied ouvrit la portière, et Huguette sauta à terre, ordonnant à sa compagne de la suivre.

Dans le boudoir de soie mauve, Mme Don Juan se débarrassa de son chapeau et de ses fourrures, et lorsque la jeune fille eut enlevé son manteau et sa toque, elle lui dit :

— Maintenant, chère petite, nous allons visiter les appartements de l'hôtel que vous ne connaissez pas encore... Vous n'êtes plus fatiguée?

— Non, pas du tout.

— Alors, venez!

Elle la prit par la main, lui fit descendre l'escalier secret, l'introduisit dans le temple des amours, et annonça :

— Mademoiselle, vous êtes chez vous!

Emma restait éblouie sur le seuil; jamais une telle magnificence ne s'était étalée aux regards de la blonde enfant. Ces glaces, ces ors, ces chatoyantes draperies, ces fleurs, ces panoplies, ces parfums, ces lumières, ces divans, cette immense rotonde, tout ce luxe évoquait à son esprit un de ces palais féeriques, dont elle avait lu la description dans les livres ; et, tremblante, sous la chaleur des vins, augmentée par l'éclat des lueurs, les émanations odorantes, elle balbutiait devant la magie du décor :

— Je rêve !... oh !... je rêve !

Huguette la poussait, gracieuse :

— Entrez! Je vous ai dit que vous étiez chez vous, mignonne!

— Que c'est beau! que c'est riche! Ah! c'est merveilleux cria la jeune fille, en joignant les mains, comme dans une église.

Et cependant, malgré son admiration naïve, Emma se sentit le cœur oppressé : les divans lui paraissaient « profonds comme des tombeaux », selon l'image de Baudelaire ; les parfums lui semblaient trop enivrants, la litée trop vaste, et les statues de marbre dont l'une représentait « la Vénus impudique » et une autre, « la Suicidée de Leucade », lui firent baisser les yeux.

Huguette dit :

— Attendez-moi ici, ma belle... Je vais revenir.

Et, sans ajouter une parole, la reine de Lesbos disparut, laissant Mlle Delpuget seule en le sanctuaire des amours.

Emma ne savait que penser. Mille idées se heurtaient dans son cerveau ; elle était à la fois terrorisée et ravie, et demeurait immobile et blanche sous l'empire du mystère, comme les Vestales du temple d'Isis. Pourquoi la baronne venait-elle de l'introduire en ce lieu magnifique ? Pourquoi l'y abandonnait-elle ? Mme de Mirandol devait reparaître, mais, pourquoi cette sortie étrange, ces allures bizarres ?

La jeune fille se mit à marcher dans le salon rouge, examinant tous les objets ; elle passa devant les vitrines et lut les étiquettes sur les flacons de cristal : « Opium », « Cocaïne », « Éther »?... Opium? Ce mot lui révéla enfin la terrible énigme ! Elle avait-bu de l'opium, et tout ce qu'elle voyait n'était qu'un rêve ! Tout à l'heure, elle allait s'éveiller et se trouver à Chaville dans la chambre virginale, avec s.. sœur Fanny, à côté d'elle... Alors, la visite de la baronne de Mirandol? Rêve ! Le duel des femmes? Rêve !... Son installation à l'hôtel du boulevard Malesherbes? Rêve ! Ce temple oriental?... Ces statues indécentes?... Ces divans?... Ces parfums? Ces lumières?... Ces glaces multipliant à l'infini son image?... Rêve ! Rêve ! Rêve !...

Et elle marchait toujours, en proie à une hallucination grandissante.

Tout à coup, elle vit près d'elle la baronne de Mirandol.

Mme Don Juan avait revêtu son habit de jeune éphèbe ; ses yeux projetaient des lueurs multiples, éclatantes comme des pierreries, dont le feu semblait atténué par le sourire montrant une fraîche et belle denture et de roses gencives.

La jeune fille bégayait :

— Vous? C'est vous, madame?

— Ne t'avais-je pas dit que je reviendrais?

— Oui... mais... ce costume?

— Ce costume t'explique, fit la baronne, pourquoi, tout à l'heure, Mathilde m'appelait « Huguet » et non pas « Huguette » !

Mlle Delpuget était si émue qu'elle ne s'apercevait pas du tutoiement de Mme de Mirandol.

Huguette lui passa un bras autour de la taille pour l'entraîner vers les divans circulaires :

— Viens t'asseoir à côté de moi, et je te conterai l'histoire de Faustine... Je te dirai pourquoi elle a été chassée de la pension Malézieux...

— Non, non, Madame... C'est inutile !

— Alors, mignonne, je vais t'apprendre des choses originales, exquises...

Emma se défendait instinctivement :

— Je vous en supplie, Madame, remontons?... Ici, j'étouffe!... Ici, j'ai le délire !... Vous me faites peur !

Mais, l'autre la tenait enlacée, visage contre visage, lui soufflant le feu de son haleine :

— Tes chairs ne palpitent donc pas?... De quoi es-tu donc créée ?... Tu n'as donc pas de muscles, de peau et de sang?... Tu es donc de marbre?...

— Madame, je vous en conjure, laissez-moi ?

— Non!... Viens!

De ses mains frémissantes, elle arrachait le corsage de la lectrice, mais, Emma se dégagea, et bondissant vers une panoplie, elle en détacha une flèche dont elle dirigea la pointe acérée contre sa poitrine.

Et, résolue :

— Madame, je ne vous comprends pas ! Je ne sais ce que vous me voulez, mais, je devine quelque chose de monstrueux ! Si vous faites un pas pour vous rapprocher de moi, je me frappe de ce fer ?

Huguette, pâle comme une morte, lança :

— Malheureuse ! Malheureuse ! cette flèche est empoisonnée !

— Tant mieux! Je mourrai plus sûrement et plus vite!

— Jette cette arme ; je le veux !

— Oui; mais, laissez-moi m'en aller ? Laissez-moi partir ?

— Jette cette arme !

— Alors, Madame, ouvrez la porte ?

La baronne ouvrit la porte de bronze, masquée par les hautes tapisseries rouges ; Emma jeta la flèche et se précipita dans l'escalier, remontant à l'hôtel.

Mᵐᵉ Don Juan, perplexe, demeurait au milieu du salon rouge, pendant que la lectrice, affolée, traversait le vestibule pour s'enfermer dans sa chambre.

Un valet de pied lui dit au passage :

— Mademoiselle, Monsieur votre père vous attend...

Emma s'arrêta net :

— Où est-il ?

— Au grand salon, Mademoiselle, fit le domestique, étonné des allures de la jeune fille.

Bientôt, la sœur de Fanny s'élança dans les bras du vieux Delpuget :

— Emmène-moi ? père ? Emmène-moi ?

— Qu'as-tu donc, mon enfant ? Pourquoi cette terreur?

— Emmène-moi ? Je ne veux pas rester une minute de plus, dans cet hôtel !

Delpuget était aussi pâle et tremblant encore que sa fille, et il gémit :

— Madame, si vous faites un pas pour vous rapprocher de moi, je me frappe de ce fer? (Page 35).

— Mon enfant, explique-toi ?

— Je ne puis rien dire ! Emmène-moi ?

— La place paraissait excellente !... Deviens-tu folle?

— J'ai toute ma raison, mais, je désire partir à l'instant même !

— Il faut, au moins, parler à Madame la baronne?

— Non !... Non !

— Tes effets ?... Ton linge?

— J'abandonne tout ! Allons-nous-en !... Nous devrions déjà être loin d'ici !

Et s'accrochant à l'ancien caissier de Le Goëz, abasourdi, elle l'entraîna hors de l'hôtel.

Dans le salon rouge, Huguette, revenue de ses alarmes, dressait hautement la tête :

— Jouée par cette petite fille ? Moi ?... Oh !

Et, plus vulgaire :

— Un lapin à Madame Don Juan ? Non ! Jamais !

Elle frappa sur un timbre ; Akmé et Aïssa parurent.

Mme de Mirandol grondait :

— Montez chez Mademoiselle la lectrice et dites-lui que je lui ordonne de descendre... Si elle refuse, attachez-la, bâillonnez-la, amenez-la de force !... Allez !

Les négresses sortirent, et quelques instants après, revinrent seules.

— Emma ? Où est Emma ? rugit la baronne.

— Je ne veux pas rester une minute de plus !
(Page 36).

— Partie, maîtresse !... fit Akmé.

— Partie ?

— Oui... avec son père, ajoutait Aïssa.

— L'imbécile !

La reine de Lesbos allait et venait dans le salon rouge, exaltée, écumante, broyant des blasphèmes, et les deux esclaves, immobiles et respectueuses, attendaient des ordres.

Elle se campa devant ses femmes :

— Akmé, Aïssa, votre vie m'appartient, n'est-ce pas ?

Elles répondirent à l'unisson :

— Oui, maîtresse, notre vie est à toi, et tu peux la prendre !

— Ce n'est pas votre vie que je veux ; ce que j'ai à réclamer de vous est un simple service qui vous sera payé royalement.

— Parle, maîtresse, dit Akmé, Aïssa et moi, nous sommes ici pour t'obéir !

— Emma est partie pour Chaville... Il faut que vous alliez me la chercher et que vous me la rameniez de gré ou de force ?

— Oui, maîtresse.

— Je vous donnerai mes ordres détaillés, quand il sera temps d'agir... Allez, femmes, allez !

Mme de Mirandol oubliait sa lettre à la Môme-Réséda, mais elle voulait Emma Delpuget.

Et, seule, elle dit, voluptueuse et ironique, certaine de sa toute-puissance :

— Un lapin à Madame Don Juan ?... Oh ! non ! Jamais ! Les lapins sont bons pour les hommes !

On la vit, le soir, à la table d'hôte des femmes, tenue par la Michon, le lendemain, au Nouveau-Cirque ; elle en ramena une horizontale et une écuyère; ensuite, elle eut d'autres conquêtes à l'Olympia, au Casino de Paris, aux Folies-Bergère, au Pôle-Nord, mais, le souvenir d'Emma l'obsédait, et ce ne furent que des « passades » nocturnes.

Emma ! Emma! Emma ! Toutes les actrices, toutes les danseuses, toutes les horizontales, et même les femmes de son monde, toutes les lesbiennes s'évanouissaient devant la pucelle de Chaville !

Emma! Emma ! Emma! Tout le sang d'Huguette bouillait à l'évocation, et Huguette se moquait du mariage et du prince Vorontzow !

Emma! Emma ! Emma! Fleur de beauté et d'innocence, serez-vous condamnée — de par Mme Don Juan — à faire le désespoir d'un homme qui vous adore et à vaciller, tomber et pourrir sous les ardeurs lesbiennes ?

Emma, vous êtes jeune, vous êtes neuve, vous êtes belle, mais vous êtes pauvre — mais Mme de Mirandol est riche et vicieuse — et, envers la misère, et bien plus que le cœur envers l'amour, ô Pascal ! le vice a des raisons que la raison ne connaît pas ! »

Tout en rêvant de sa nouvelle idole, Mme Don Juan parcourait ou plutôt descendait le chemin des luxures.

Le démon corrupteur voulait tout savoir, tout éprouver, et Huguette en arriva à employer la flagellation contre des jeunes filles et contre elle-même.

En ce drame où, si nous parvenons au bout d'un immense labeur, défilera toute la vie contemporaine, nous nous garderons d'insister sur les aberrations qui sont du ressort de la médecine, et que nous avons d'ailleurs, notées, et analysées dans notre livre : *Pathologie Sociale* (1).

---

1. *Un volume grand in-8°, de 634 pages, avec une Introduction. Prix Dix francs.* (Paul Dupont, éditeur.)

A SAINTE-ANNE

RESQUE tous les jours, Mlle Lagrange qui habitait, avec Mme d'Esbly, la villa de Chaville, venait visiter lady Cloé Fenwick en l'hôtel des Champs-Elysées.

Olga s'était mise tout de suite à adorer la grande sœur, et, si l'aînée des Haut-Brion n'avait pas insisté pour la garder, c'est qu'elle ne voulut pas priver la comtesse, isolée et triste, après le départ de Lionel, de la compagnie de cette enfant que Mme d'Esbly considérait comme sa fille.

Plus un nuage maintenant dans l'existence de celle qui fut la Vierge du Trottoir et la Grande Horizontale ; Olga retrouvée, Lionel en sûreté dans les propriétés du prince Vorontzow, en Russie ; le baron Géraud incapable de nuire ; le vicomte de La Plaçade honteusement chassé de l'hôtel ; Reginald peut-être aussi ivrogne et libertin et sodomiste, mais réservé, presque aimable envers sa femme. Cloé voyait autour d'elle un cercle d'amis, le prince Vorontzow, le marquis d'Artaban, toujours amoureux mais toujours respectueux, le duc et la duchesse de Louqsor, Mme de Mirandol, moins brûlante, et puis, un peu en dehors, la gentille couturière Annette Loizet.

Or, ce matin-là, vers neuf heures, lady Fenwick, en toilette de sortie, se tenait dans son boudoir ; un valet de pied annonça le prince Vorontzow.

Cloé tendit la main au gentilhomme russe :

— Bonjour, prince ! A quel heureux hasard dois-je le plaisir de votre matinale visite?

— C'est vrai, dit l'ataman des Cosaques, il est un peu matin, et je m'excuse...

— Oh! vous savez bien que je suis toujours contente de vous voir! Asseyez-vous près de moi, ami, et dites-moi pourquoi vous paraissez un peu sombre?

— Je ne suis pas sombre, amie, je suis grave...

Il s'installa dans un fauteuil, et comme il gardait le silence, Cloé lui dit aimablement:

— Vous venez me parler de la baronne Huguette?

Le visage du gentilhomme s'illumina:

— Oh! j'en parlerais volontiers, toujours! Je l'aime!... Je l'adore!... Ce n'est un mystère pour personne!... Mais, ce n'est pas de Madame de Mirandol qu'il s'agit aujourd'hui...

-- De qui, alors?

— De notre enfant retrouvée... de notre petite Olga... de votre sœur!

— Vous allez pouvoir l'embrasser... Je l'attends... Que lui voulez-vous à notre bien-aimée Olga?

— Je vais vous l'exposer; mais, auparavant, une question?

— Parlez, mon ami?

— Madame la comtesse d'Esbly doit-elle venir avec votre sœur?

— Oui, et Olga et moi devons nous rendre ensemble à Sainte-Anne pour voir notre chère malade...

— J'apporte à Madame d'Esbly des nouvelles de son fils, de bonnes nouvelles...

— Madame la comtesse Anne sera heureuse! répondit lady Fenwick, vivement intéressée, et dominant son émotion.

— Le comte, vous le savez, est dans une de mes propriétés du Caucase, et une lettre, arrivée, ce matin, justifie le télégramme annonçant qu'il est hors de péril...

— Que Dieu soit loué!

— Maintenant, parlons d'Olga, voulez-vous? J'ai pensé qu'il était de mon devoir d'assurer l'avenir de cette enfant, la seconde fille de mon ami le marquis de Haut-Brion...

— Ne suis-je pas là, prince?

— Oui... oui... chère Cloé, vous êtes là... mais... moi aussi... je suis là... et je voudrais...

Le grand gentilhomme hésitait; il ne pouvait lui dire:

« Oui, vous êtes là, pleine de tendresse; vous êtes lady Fenwick, mais, vous n'avez apporté aucune dot en mariage, et rien de ce qui vous entoure ne vous appartient!... »

Il ne pouvait ni ne voulait dire cela, et il conclut, en lui tendant un volumineux paquet, scellé de cire verte à ses armes :

— Voici la chose, ma belle lady.

— Qu'est-ce?

— La dot d'Olga... deux cent cinquante mille roubles...

— Plus d'un million! dit Cloé, stupéfaite.

— Oui... et il m'en reste assez pour mes justes noces... Mais, voilà! Je ne sais comment lui faire accepter cet argent... J'ai imaginé de mentir, moi, qui n'ai jamais menti... et je songe à lui annoncer que cette somme lui vient de son père qui me l'avait remise pour elle... autrefois...

Cloé le regardait, émue :

— Ah! vous êtes bon, prince! Vous êtes simplement et royalement généreux!

— Ce n'est pas être généreux que de remplir un devoir... Approuvez-vous mon idée?

— Vous avez déjà employé ce moyen, lorsque vous avez versé de l'argent entre les mains du baron Géraud... ou de l'architecte...

— Oh! une bagatelle!

— Et puis, Olga sait, tout aussi bien que moi, que notre père n'était pas riche... à l'heure de sa mort...

— Que faire?

— Remettre l'argent dans votre poche et attendre..,

L'ataman déclarait :

— Vous m'obligerez en gardant cette somme destinée à notre petite Olga et à sa mère... La marquise de Haut-Brion sortira, un jour ou l'autre, de Sainte-Anne... Je puis être obligé de m'absenter de Paris, et il ne faut pas que ces deux chères créatures trop longtemps éprouvées retombent dans la misère!

Lady Fenwick ne se crut pas le droit de refuser, et elle venait de serrer les valeurs dans un meuble, lorsque Mlle Lagrange entra, accompagnée de Mme d'Esbly.

Olga se précipitait dans les bras de sa sœur :

— Cloé, ma Cloé !

Au sortir des fraternels baisers, elle courut à Vorontzow :

— Grand ami, pardon ? Je ne vous avais pas aperçu !... Quand ma Cloé est là, je ne vois qu'elle !

Toute joyeuse d'avoir retrouvé le camarade le plus intime de son père, Mlle Lagrange honorait Vorontzow d'une sorte de culte filial ; elle le nommait « grand ami », et cette douce familiarité touchait le brave gentilhomme jusqu'aux larmes.

On avait laissé ignorer à Olga les tristes fiançailles de Cloé et de Lionel, et la jeune adorée du martyr, qui servait de trait-d'union entre Mme d'Esbly et lady Fenwick, gardait, auprès de la sœur aînée, le secret de son âme.

— Bonnes nouvelles, Madame la comtesse ! dit l'ataman des Cosaques, après avoir salué la mère de l'innocent, évadé.

— De mon fils, prince ?... interrogea, anxieuse, Madame d'Esbly.

— Oui, Madame, de votre fils... Voici une lettre...

Rayonnante de bonheur, elle s'empara du papier que Dimitri lui tendait et se mit à la lire, murmurant, charmée :

— Lionel ! Lionel ! O mon Lionel !

Olga, devenue très pâle, semblait prête à défaillir ; Cloé la retint dans ses bras :

— Sœurette, qu'as-tu donc ?

Mais, la jeune fille se redressait, illuminée d'espoir :

— Grande sœur, je suis heureuse !

Et, bondissant vers la comtesse :

— Lisez, lisez, Madame, la lettre de Monsieur Lionel !

Dans la missive, le gentilhomme disait la réception admirable des vassaux du prince, là-bas, au Caucase, et il envoyait à sa mère et à Olga les meilleurs souvenirs de l'exil.

Cloé ne quittait pas sa sœur des yeux, et l'émotion délicieuse de la jeune fille, les larmes qui coulaient le long de ses joues, le petit cri qu'elle poussa, en entendant la comtesse prononcer son nom, révélèrent à lady Fenwick l'amour d'Olga pour l'absent. D'abord, ce fut en elle comme un coup de poignard qui l'aurait frappée ; et, sous la blessure, toute sa vie de malheurs immérités flamba à ses yeux, toutes les espérances brisées et mortes ressuscitèrent dans une jalousie bien humaine ; puis, tout à coup, rassérénée, elle entraîna sa sœur à l'écart, et, très émue, lui dit :

— Sœurette, ne me cache rien?... Tu aimes Lionel?

Olga leva sur Cloé son limpide et chaste regard :

— Oui, sœur... je l'aime!

— Et lui ?

— Il m'aime aussi...

— Pourquoi ne m'as-tu pas encore parlé de cet amour?

— Pour ne pas t'attrister de mon chagrin!... C'est Lionel qui me l'a dit : il ne nous est pas permis de nous aimer !

— Tu le crois coupable ?

La jeune fille répondit, vibrante :

— Coupable? Non!... Oh! non!... Je sais que la nuit où, désireuse d'abréger le supplice d'un amour sans espoir, je me suis enfuie, on est venu pour l'arrêter... et que toi, le prince et un de vos amis, l'avez sauvé!... J'ignore ce dont on accuse Lionel... On n'a pas voulu me le dire, mais le croire coupable? Non! non!... Je croirais plutôt qu'il n'y a pas de justice sur la terre, ni au ciel !

Alors, l'aînée des Haut-Brion serra la cadette éperdûment contre son cœur :

— Aime-le, Olga!... Aime-le, ma sœurette chérie! Vous êtes dignes l'un de l'autre!... Je te le donnerai, moi, ton Lionel!... Je te le donnerai, et vous vous aimerez — à la gloire de Dieu !

Le prince Vorontzow prit congé de lady Fenwick; la mère de Lionel sortit pour affaires, et Cloé et Olga se rendirent en voiture, rue de la Santé, à l'asile Sainte-Anne.

Ordinairement, un gardien recevait les visiteuses, et, en le quartier des femmes, une surveillante les menait auprès de Mme Lagrange; mais, ce jour-là, le directeur, prévenu de la visite, fit entrer les deux sœurs dans son cabinet.

Elles s'effrayèrent de ces précautions exceptionnelles. Le directeur, une barbe brune très administrative, les rassura tout de suite, et s'adressant à l'aînée des Haut-Brion :

— Madame, je suis heureux de vous annoncer, ainsi qu'à cette chère enfant, que le docteur Thiercelin, médecin en chef de la maison, a constaté un mieux sensible dans l'état de Madame Lagrange.

— Maman! ma pauvre maman... enfin guérie! s'écria Olga,

frémissant d'allégresse... Nous l'emmènerons avec nous,
n'est-ce pas, Monsieur?

— Non, Mademoiselle, pas aujourd'hui, mais bientôt... Le
docteur Thiercelin va tenter devant vous une de ces expé-
riences qui lui servent à établir la guérison progressive du
sujet... Veuillez vous asseoir, mesdames...

Il approchait de ses lèvres un cornet acoustique :

— Priez Monsieur le médecin en chef de vouloir bien venir
me parler...

Eugène Thiercelin entra. C'était un grand et beau vieillard
à la figure glabre, fraîche et rose, aux cheveux argentés,
retombant en boucles soyeuses sur le collet de sa redingote
noire ; à sa boutonnière, on voyait une large rosette de la
Légion d'honneur, et, avec ses gestes paternels et son bon sourire, il incarnait le type classique de la vieille et honorable
école; Hylas Gédéon, lui, inaugurait la nouvelle, et on sait ce
que valait le terrible extracteur d'ovaires.

Le médecin en chef dit à Olga:

— Voulez-vous me permettre de vous adresser quelques
questions relatives à Madame votre mère, mademoiselle ?

— Oui, Monsieur le docteur.

— Lors de vos précédentes visites, Madame Lagrange ne
vous a jamais reconnue, n'est-ce pas ?

— Je vous demande pardon, Monsieur le docteur... deux
fois pendant quelques instants... ensuite, elle retombait dans
sa nuit...

— Cela prouve que l'aiguille mentale oscillait et que l'équi-
libre commençait à se faire dans son cerveau... Madame votre
mère nous a été envoyée par le docteur Hylas Gédéon, rue
des Mathurins, dont le certificat constate chez la malade le
délire de la persécution... Est-ce que le docteur Gédéon était
le médecin ordinaire de Madame Lagrange ?

— Il la voyait, ce jour-là, pour la première fois... Ma
mère a été frappée dans une maison, où nous étions, elle et
moi, en visite...

— Frappée subitement ?

— Oui, Monsieur, subitement.

— Vous avez dit, Mademoiselle, à l'interne chargé de
donner des soins à Madame Lagrange, que depuis déjà longtemps, votre mère avait l'esprit malade, que des hallucina-

tions lui venaient toutes les fois qu'on lui parlait d'un crime, auquel, à son dire, elle assista?

— Oui, Monsieur, une simple allusion à ce crime la mettait hors d'elle-même...

— Dans la maison, où vous étiez en visite, il en a donc été question ?

— Pas du tout, et c'est ce qui a causé ma grande frayeur... En voyant entrer un monsieur... qu'elle ne connaissait pas... qu'elle n'avait jamais vu, ma mère s'est dressée, les yeux hagards, toute livide, et elle a crié : « Assassin !... Assassin !... » Et, depuis ce jour-là, elle est restée folle...

— C'est ce que le docteur Gédéon a établi dans son rapport... Le monsieur apostrophé par votre mère, est un ami du docteur... Enfin, tout va pour le mieux ! Madame Lagrange est à peu près guérie... On peut maintenant lui parler du crime du boulevard Saint-Germain, sans craindre une dangereuse surexcitation cérébrale... Dans quelques instants, nous tenterons une épreuve devant vous, Mesdames et devant le docteur Gédéon.

— Le docteur Gédéon ? interrogea lady Fenwick, très contrariée.

— Oh ! simple formalité de politesse professionnelle !... Quoique mon confrère n'ait pas daigné visiter sa malade, depuis l'entrée de Madame Lagrange à l'établissement, je tiens à ce qu'il constate notre cure *de visu*... Un employé est parti le chercher, et, dès son arrivée, nous nous rendrons ensemble auprès de Madame Lagrange... J'espère pouvoir signer demain ou après-demain l'*exeat* de la malade... Je n'ai pas besoin de vous recommander les plus grands ménagements, les plus grands égards... Une émotion violente pourrait amener une catastrophe...

Lady Fenwick observa :

— Madame Lagrange habitera à la campagne, chez une de nos amies, la comtesse d'Esbly.

— Rien ne peut mieux convenir à notre malade.

A ce moment, le docteur Hylas Gédéon s'avança, introduit par un homme de service.

Il avait toujours son sourire pourfendeur de crocodile, et il eut mieux aimé voir chez lui que dans cette maison, la femme de Reginald qu'il espérait compter, un jour, au nom-

bre de ses riches victimes, pour l'extraction des ovaires ou
même un avortement.

— Je ne me trompe pas !... Lady Fenwick !... Ah ! permettez-moi, Madame, de déposer mes hommages à vos pieds !

Il s'inclina devant Mlle Lagrange qu'il ne reconnut pas,
salua le directeur de l'établissement et interpella le docteur
Thiercelin :

— Mon cher confrère, je me rends à votre appel, bien que
les affections mentales ne rentrent pas dans ma spécialité !...
Je ne suis pas l'homme des cerveaux, comme vous, moi; je
suis l'homme des ventres !... Enfin, me voici... De quoi ou de
qui s'agit-il ?

— D'une malade que vous nous avez envoyée, et dont
nous voulons vous faire reconnaître la guérison à peu près
absolue...

Hylas fit semblant de chercher en sa mémoire :

— Comment, moi, je vous ai envoyé une malade ? C'est
bizarre ! Je ne me souviens pas !

— Madame Lagrange.

— Ah ! oui, très bien ! J'y suis maintenant !... A la requête
du commissaire de police... Vraiment, elle est guérie ?

— Oui.

— Alors, si elle est guérie, pourquoi, diable, me faites-
vous venir, mon cher confrère ?

— Par politesse professionnelle ! déclara sèchement le
docteur Thiercelin, et, si vous le voulez bien, nous allons
nous rendre chez elle, avec lady Fenwick, son amie, et Mademoiselle Lagrange, sa fille.

L'ovariotomiste regardait Olga et demeurait stupéfait. Il
avait entendu dire par La Plaçade que la jeune fille était
morte, brûlée, dans l'incendie du *Lapin Couronné* et qu'on
ne retrouva même pas ses restes... Comment la voyait-il là,
entière et bien vivante, près de lady Fenwick ?

Cependant, le docteur au sourire de crocodile ne laissa rien
paraître de son étonnement et il dit à la jeune personne :

— C'est vrai, Mademoiselle, je vous reconnais... J'ai eu
l'honneur de me trouver avec vous, chez cette excellente
Madame de Sainte-Radegonde, le jour où j'y fus appelé pour
constater la maladie mentale de votre mère... Pardonnez-moi,

Mademoiselle... Ce jour-là, on était si troublé... si affairé... si désolé...

Elle s'en souvenait bien, elle, d'avoir rencontré le docteur Hylas, en ce jour terrible, où sa mère, arrachée de ses bras, avait été con- duite et enfermée au Dépôt de la Préfec- ture, sur l'ordre de ce mé- decin et d'un commissaire de police ! Et,

depuis ce temps-là, bien souvent, la nuit, Gédéon s'était dressé devant elle, en un épouvantable rêve, avec sa mâchoire de squale, sa barbe hirsute, son grand nez, ses yeux inco- lores, sa pa- role mielleuse et hypocrite, et elle consi- déra comme un mauvais présage de le retrouver à Sainte - Anne, alors que sa mère allait lui être rendue, après tant de prières et de douleurs.

Et Rose hurlait toujours :
— A l'échafaud, Mme don Juan !... Elle m'a volé... vol^... volé mon cœur ! (Page 50).

Mais, Gé- déon était ve- nu, appelé par le médecin en chef de l'établissement, et il fallait subir sa présence.

Comme lady Fenwick et Mlle Lagrange s'éloignaient, escortées du docteur Thiercelin et de l'ovariotomiste, elles rencontrèrent sur le seuil du cabinet directorial la baronne Huguette de Mirandol.

Habillée de noir, très grave, Mme Don Juan venait, en ces lieux, visiter une des victimes du temple de Lesbos.

La baronne et Cloé échangèrent un salut, et Mme de Mirandol entra chez le directeur.

— Madame la baronne, lui dit le chef de l'établissement, j'ai le regret de vous annoncer que votre protégée ne va pas mieux ... Hier, on a dû lui mettre la camisole et l'isoler..

— Puis-je la voir, Monsieur, et apporter à cette malheureuse mes consolations ?

— Je vais m'informer...

Il correspondit par le cornet acoustique et déclara :

— On va vous conduire, Madame la baronne... Vous serez prudente ?

— Oui, Monsieur le directeur...

Mme Don Juan suivit le chemin

— Gédéon, dites-moi tout ?... Je veux tout savoir ! (Page 58).

déjà parcouru par les deux sœurs, et comme aux autres visiteuses, on lui épargna, autant que possible, le contact des pensionnaires ; mais, néanmoins, pour arriver au pavillon où Mme Lagrange occupait une chambre voisine de celle de la lesbienne, Huguette dut traverser des cours, des couloirs, gravir des escaliers, et coudoyer le malheureuses et inoffensives créatures qui la saluaient de propos insensés et de rires navrants. Oh ! quelle différence entre les visiteuses sur ce même chemin du malheur ! Quelle pitié pour les premières ! Quelle honte pour l'autre !

Les sœurs de Haut-Brion venaient embrasser et consoler

une victime de la fatalité, et Mme Don Juan venait voir son œuvre à elle, son œuvre sacrilège, son œuvre abominable !

Au fond d'une cour, les deux groupes se joignirent, et tandis que la baronne, précédée d'une surveillante, se dirigeait vers un numéro du pavillon, le docteur Thiercelin arrêtait son cortège dans le vestibule de l'autre chambre :

— Mesdames, le docteur Gédéon et moi, nous pénétrerons seuls, d'abord, chez la malade, et vous aurez l'obligeance d'attendre ici... Lorsque je prononcerai très haut, les mots : « votre fille ! » vous entrerez... C'est dans l'intérêt de la guérison de Madame Lagrange que je vous prie de m'obéir... Du reste, je soulèverai le rideau de la cloison vitrée, et, de vos places, vous pourrez nous voir et nous entendre...

Et pendant que, derrière le vitrage encore obscur, lady Fenwick et Mlle Lagrange, anxieuses, guettaient l'appel du docteur, Mme de Mirandol se trouvait en face d'une ancienne amie.

Oh ! combien changée la petite blonde qui fut l'une des servantes d'amour de la grande Huguette ! Comment reconnaître en ce masque agité, bouleversé, en ces yeux rouges, en cette chevelure éparse, le visage mignon de Rose Léris, une des étoiles des Fantaisies-Parisiennes ?

— Bonjour, Huguet, bonjour ! dit la malheureuse.

Puis, tout à coup, menaçante :

— C'est la Mirandol ! C'est Madame Don Juan !... Elle m'a volé mon cœur !... Arrêtez-la !... Arrêtez la salope ! Arrêtez la gredine ! Arrêtez la mangeuse de femmes !... Elle m'a volé... volé... volé mon cœur !...

— Ma chérie ! gémissait la baronne, en larmes.

Et, Rose hurlait toujours :

— A l'échafaud, Madame Don Juan !... Elle m'a volé... volé... volé mon cœur !

Huguette descendit, éperdue ; mais, en bas, les papillons noirs s'envolèrent, et, dehors, près de sa voiture, elle résolut d'attendre le retour de lady Fenwick et de cette enfant blonde qui lui rappelait Emma, sa nouvelle idole.

Les médecins avaient pénétré seuls chez la malade, et les deux femmes, restées dans l'antichambre, purent voir, à travers la cloison vitrée, Mme Léonie Lagrange assise sur un fauteuil et occupée à un ouvrage de tricot.

Malgré ses cheveux, encore blanchis pendant les épreuves, la seconde marquise de Haut-Brion paraissait rajeunie, avec un teint moins ardent, des yeux calmes, et rien d'anormal ne semblait troubler ce visage doux et grave.

A l'entrée du docteur Thiercelin, elle leva la tête, et le voyant suivi de l'autre personnage, elle regarda longuement ilylas Gédéon.

— Eh bien, chère Madame, prononça le médecin en chef, comment allez-vous, ce matin?

— Mieux, docteur, je vous remercie... Vous n'êtes pas seul?

— Non... Reconnaissez-vous Monsieur?

Mme Lagrange observait encore Gédéon, et lui, debout, près de la cheminée, où brûlait un feu de bois, lui adressait son effrayant rictus.

Elle balbutia :

— Non, docteur... pas du tout... Un de vos confrères, probablement?

— Oui... regardez-le bien?

— Jamais, avant aujourd'hui, je n'ai vu ce Monsieur...

L'ovariotomiste prit la parole :

— Madame, j'ai eu l'honneur d'être appelé auprès de vous dans une circonstance douloureuse... Souvenez-vous?

Léonie le dévisageait toujours, et ses sourcils froncés, les plis de son front, la fixité de ses prunelles annoncèrent qu'il se faisait un laborieux effort dans l'esprit de la malade.

Au bout d'un instant, elle murmurait :

— Votre physionomie, monsieur, ne m'est plus étrangère... Je me souviens de vous avoir vu... autrefois... comme en un rêve !

Thiercelin s'assit auprès d'elle et, lui prenant la main entre les siennes, il dit doucement :

— Ne cherchez pas, Madame; ne vous fatiguez pas à chercher... On vous dira ce que vous ignorez... Vous êtes forte et vaillante, maintenant; vous n'avez plus de fièvre...

— C'est vrai, je me sens revivre, et je vous dois... je vous devrai de sortir du tombeau !

— Voulez-vous répondre à certaines questions qui peut-être vont vous paraître... extraordinaires?

— Interrogez-moi, cher docteur, sourit la mère d'Olga... je suis prête...

— Vous souvient-il d'avoir été malade?

Elle garda un moment le silence, puis déclara :

— Oui... j'ai été folle !

Le médecin en chef continuait avec bienveillance :

— Parlez, Madame...

— Oui, j'ai été folle !... Si je n'avais pas été folle, pourquoi m'aurait-on enfermée à Sainte-Anne?... Mais, ce que je sais, ce que je jure, c'est que je suis guérie !... Oh ! vous n'avez plus à craindre pour ma raison !... La cause de ma folie, voulez-vous la connaître, docteur? Je m'en vais vous la dire... Seulement, laissez-moi me recueillir... La mémoire est encore hésitante...

Thiercelin s'inquiétait :

— Madame, ne vous surexcitez pas outre mesure?

Un grand silence se fit, pendant lequel Mᵐᵉ Lagrange mit ses idées en ordre, et c'est avec une angoisse profonde que le médecin en chef vit la pensionnaire s'abîmer en cette contention d'esprit qui l'avait si fortement impressionné tout à l'heure. Cependant, il ne voulut pas la troubler dans sa méditation.

Brusquement, elle s'écria, radieuse :

— Docteur, je me souviens !... je me souviens !... Et pourtant, j'avais tout oublié... tout... jusqu'à mon nom !... Ma fille cherchait du travail... un emploi de lectrice... et, abusée par une annonce de journal, je l'accompagnais, rue Notre-Dame-de-Lorette... chez... Oui... c'est cela !... c'est bien cela !... chez une femme... une mauvaise femme... et voilà que pendant que nous causions... un homme est entré... et en cet homme j'ai reconnu... l'assassin... un assassin que j'avais vu à l'œuvre... frappant une vieille dame... d'un coup de poignard !...

Le docteur Gédéon haussa les épaules, et dit tout bas au médecin en chef :

— Vous vous êtes trompé, mon cher confrère; cette pauvre idiote réclame encore vos soins !

— Mais, non! Et je trouve, au contraire, que Madame Lagrange s'exprime avec une lucidité parfaite !

Et à la marquise de Haut-Brion :

— Continuez, Madame.

— Ce crime auquel j'ai assisté de ma fenêtre, — alors que

nous habitions une chambre donnant sur les jardins de l'hôtel Le Goëz, boulevard Saint-Germain, — m'a fait perdre l'esprit... En notre logement, dans un hôtel meublé, boulevard de la Villette, j'avais des hallucinations pendant lesquelles je croyais revoir la scène de meurtre !... Ces absences ne duraient que quelques instants, et je reprenais, sans autres troubles, ma vie ordinaire... Mais, ce jour-là, en voyant surgir l'homme à la barbe blonde, ma raison s'est égarée, et, depuis... je ne me souviens plus...

— Histoire de brigand ! ricana Gédéon... Il faut venir à Sainte-Anne pour entendre des idioties pareilles !

Le docteur Thiercelin, très rude, lança :

— Histoire de brigand qui vous intéresse peut-être, Monsieur, car vous paraissez fort ému ?

Il se tournait vers la convalescente :

— Madame, vous n'avez qu'une chose à faire. Dans quelques jours, demain peut-être, vous sortirez d'ici, et votre devoir est d'aller trouver le Procureur de la République et de lui demander à être confrontée avec l'homme à la barbe blonde que vous supposez être un assassin...

— Oh ! je ne suppose pas !... Je suis sûre ! Je le reconnaîtrais entre mille !

— Vous savez son nom, Madame ?

— Non, mais je connais la maison où je l'ai rencontré, rue Notre-Dame-de-Lorette...

— Cela suffit ! Vous verrez le Procureur de la République. On recherchera l'homme que vous accusez ; on vous confrontera, et, après vous, la justice fera son devoir !

Gédéon, inquiet pour son ami La Plaçade, tenta un dernier effort :

— Alors, c'est sérieux, vous allez remettre cette femme en liberté ?

— Demain, elle sera dans sa famille...

— Vous assumez une grande responsabilité, docteur !

— Pourquoi?.,. Elle est guérie, et, d'ailleurs, médecin en chef, je n'ai de leçon à recevoir de personne !... Occupez-vous de vos ventres, docteur Gédéon ! Je vous ai fait venir par déférence professionnelle pour vous montrer la guérison absolue d'une de vos malades... Vous doutez?... Moi, j'affirme et décidé !... Allez charcuter vos entrailles, Monsieur, et laissez-moi à mes cerveaux !

Hylas Gédéon baissait la tête, mais il ne voulut pas quitter la place et se réfugia en un coin de la chambre. Le médecin en chef de l'asile demanda à Léonie, et assez haut pour être entendu dans la pièce voisine :

— Maintenant, chère madame, voulez-vous embrasser votre fille ?

Elle répondit, toute joyeuse :

— Ma fille !... Oh! oui! Il y a si longtemps !

Mᵐᵉ Lagrange ne se souvenait pas que, pendant sa folie, Olga était venue passer de longues heures auprès d'elle.

Au signal du médecin en chef, les deux sœurs entrèrent dans la chambre, et Olga se précipita vers la seconde marquise de Haut-Brion :

— Mère !... mère chérie, embrasse ton enfant !

Léonie sanglotait :

— Olga ! Olga ! que je suis heureuse !

— Tu me reconnais, mère ?

— Si je te reconnais, mon Olga ? Oh! oui, je te reconnais et je t'adore ! Nous ne nous quitterons plus jamais !... Maintenant, je suis forte, bien portante, assez jeune encore pour travailler !... Nous travaillerons toutes deux, mon Olga, et si la misère revient, eh bien, nous lutterons ensemble contre la misère !

— La misère ne reviendra pas, maman! s'écria la jeune fille, en s'arrachant des bras de Madame Lagrange. Nous avons des protecteurs, des anges gardiens qui veillent sur nous...

Elle montrait lady Fenwick :

— Elle d'abord! Regarde-la! Elle est aussi bonne que belle !

Cloé dit à la mère d'Olga :

— On me nomme aujourd'hui lady Fenwick, Madame, mais je suis née Cloé de Haut-Brion...

— Moi aussi, je m'appelle de Haut-Brion, murmura Madame Lagrange.

L'ex-chanteuse des rues éclatait :

— C'est ma sœur, la fille aînée du marquis Emmanuel, mon père !

— Et désormais, Madame, ajouta Cloé, vous aurez deux filles au lieu d'une pour vous aimer et vous servir !

Mme Lagrange, vaincue par l'émotion, se livrait aux filiaux baisers :

— Ah ! c'est trop de bonheur !... Je rêve !

— Non ! non ! Madame, dit Thiercelin, radieux, vous êtes éveillée et guérie !... Demain, vers trois heures, Mademoiselle Lagrange, vous pourrez venir chercher votre mère...

— Je viendrai avec Madame la comtesse d'Esbly, et nous conduirons maman à Chaville, où nous habitons, en attendant notre prochain départ pour le château d'Esbly, dans l'Oise...

— La comtesse d'Esbly ? interrogea Madame Lagrange.., Qui est-ce ?

— Notre autre bienfaitrice, chère maman... Je t'expliquerai tout, et tu verras aussi grand ami le prince Vorontzow.

Personne ne faisait attention au docteur Hylas, retiré comme une araignée en sa toile, dans un coin de la chambre ; mais lui, très attentif, ne perdait pas un mot de la conversation.

Le docteur Thiercelin l'aperçut et lui dit vertement :

— Pourquoi êtes-vous encore ici, monsieur ?

L'autre ricana :

— Je m'oubliais, et vous me voyez tout ému !... Cette petite scène de famille m'a remué jusqu'au fond de l'âme !... Vous n'avez plus besoin de moi ?

— Nullement !

— Je retourne à ma clinique... C'est extraordinaire comme ça donne, en ce moment, les ventres !

— Allez... Malthus ! jeta Thiercelin.

Gédéon s'éloigna et se fit conduire, rue d'Athènes, chez son ami La Plaçade.

Sur le trottoir, devant les portes de Sainte-Anne, Mme de Mirandol, qui semblait « battre un quart mondain », près de sa voiture, vit sortir les deux jeunes femmes, et elle dit à Cloé, en désignant Olga :

— C'est votre... lectrice, chère lady ?

— Non, baronne, c'est ma sœur.

Et Cloé présenta, gracieuse :

— Mademoiselle Olga Lagrange de Haut-Brion...

Mme Don Juan, le monocle à l'œil, roucoulait :

— Elle est charmante!... Je m'ennuierais, seule, en mon coupé... M'autorisez-vous, belle lady, à monter dans votre landau?

— Volontiers, baronne.

Toutes trois s'installèrent, et Huguette donna à son cocher l'ordre de suivre la voiture de lady Fenwick.

De la rue de la Santé au boulevard Malesherbes, la grande amoureuse, qui oubliait la pauvre Rose Léris, l'enragée de Sainte-Anne, se montra aimable, spirituelle, étourdissante de verve. Cependant, malgré ses désirs de luxure, elle n'osa pas renouveler ses propositions galantes à lady Fenwick, ni engager une escarmouche auprès de la jeune blonde, et elle rentra dans son hôtel, toujours obsédée par l'image d'Emma, la pucelle de Chaville.

Et Mathilde Romain? Certes, aux yeux de Mme de Mirandol, Vénus ne manquait pas de charmes, mais elle avait aussi une affection intime, très désagréable, une leucorrhée, et Huguette s'éloignait d'elle, lui appliquant ce quatrain du comte de Maurepas sur la marquise de Pompadour :

> La *Mathilde* a bien des appas,
> Ses traits sont vifs, ses grâces franches!
> Et les fleurs naissent sous ses pas ;
> Mais, hélas! ce sont des *fleurs blanches* !

Le docteur Gédéon arrivait, rue d'Athènes.

Or, ce matin-là, le vicomte Arthur de La Plaçade, seul en sa garçonnière et assis devant l'élégante table de travail, achevait d'écrire une lettre.

Il paraissait tout soucieux, le grand blond ; rien ne marchait, depuis sa rupture avec lord Reginald Fenwick, et il écrivait à son noble ami pour tenter une réconciliation financière... Plus d'argent! Plus de crédit! Les dettes commençaient à devenir menaçantes...

Une affaire pouvait sûrement le sortir de peine : son mariage avec Olympe de Sainte-Radegonde, mais cette perspective l'effrayait encore, et avant d'en arriver aux extrémités conjugales, il voulait essayer un rapprochement auprès

de Fenwick et un chantage auprès de la baronne de Mirandol.

Oui, la lettre volée à la Môme-Réséda, en sa loge des Fantaisies-Parisiennes, coûterait cher à Mme Don Juan, si Mme Don
Juan rêvait d'être princesse Vorontzow !

Du côté « Amour », le gentilhomme n'était pas plus heureux que du côté « Argent » : Mme Perrotin avait assez de lui ;
il chauffait à blanc la duchesse de Louqsor... Une espérance,
cette milliardaire, mais, hélas ! une espérance qu'il reconnut
illusoire, devant le Dernier Gigolo, amoureux en titre.

Oh ! ce marquis Achille d'Artaban, ce Dernier Gigolo,
comme il le jalousait, comme il le haïssait, comme il aurait
voulu l'envoyer à tous les diables ! Outre qu'il ne lui pardonnait pas la correction reçue à l'hôtel Métropole, de Marseille,
le souteneur en habit noir voyait dans le Dernier Gigolo un
gâte-métier, incapable de comprendre la femme, instrument
d'amour, être essentiellement nourrisseur et devant toujours
rapporter quelque chose !... Qui sait ? Peut-être, sans ce gre-
din d'Achille, Cloé serait-elle redevenue sa maîtresse ?

Depuis quelque temps, le gentilhomme avait laissé repous-
ser sa barbe d'or ; et, pareil à Samson pour sa chevelure, il
espérait vaincre, imaginant que dans sa barbe résidait le
secret de la toute-puissance.

C'était habile pour les femmes et maladroit envers le sodomiste actif Reginald.

Arthur cacheta le billet qu'il venait d'écrire et appela son
domestique :

— Benoît, cette lettre, immédiatement, à lord Fenwick, en
son hôtel des Champs-Elysées ; tu attendras la réponse.

Quelqu'un sonnait.

Benoît alla ouvrir, introduisit le docteur Gédéon et s'empressa d'aller exécuter la commission du maître.

Dans son cabinet, le gentilhomme éclata de rire devant la
mine lugubre d'Hylas :

— Qu'est-ce que vous avez, cher docteur ? Est-ce que vous
venez de recoudre un ventre de travers ?

— Quand vous saurez ce qui m'amène, vous ne serez pas
si jovial, mon bon !

— Oh ! oh !

— Redouteriez-vous quelque chose, si vous vous trouviez,

un jour, en présence de cette femme que nous avons fait
interner à Sainte-Anne et qui va en sortir guérie?

— Absolument rien, docteur!

— Tant mieux, mon ami, tant mieux! Alors, ça vous est
égal d'être confronté avec elle, devant la justice?

Malgré sa force de caractère, Arthur balbutia d'une voix
étranglée :

— Expliquez-vous, Gédéon?

— Ce matin, j'ai été mandé à Sainte-Anne par mon confrère, le docteur Thiercelin, médecin en chef... J'ai vu et
entendu Madame Lagrange : elle accuse toujours d'être l'assassin de Madame Le Goëz un grand blond rencontré par elle,
chez Olympe de Sainte-Radegonde, et le grand blond, c'est
vous!

— Bah! une folle! gronda La Plaçade, voulant se rassurer lui-même.

— Une folle, qui raisonne, maintenant, aussi bien que
vous et moi...

Le gentilhomme saisit l'ovariotomiste au collet :

— Gédéon, dites-moi tout?... Je veux tout savoir!

— Vous le voyez bien, vous craignez quelque chose?

— Non! mais, répondez?

— Je suis venu ici pour vous mettre sur vos gardes et vous
aider? Que désirez-vous de moi, vicomte?

— Le moyen de retenir cette calomniatrice à Sainte-
Anne?

— Je vous l'ai dit et je le répète : elle est guérie, absolument guérie!... Le docteur Thiercelin est prêt à signer son
exeat...

Arthur le regarda bien en face :

— Incorruptible, le docteur Thiercelin?

— Incorruptible !

— En y mettant le prix?

— On n'obtiendrait rien de lui et l'on risquerait de se faire
envoyer à Mazas!

— Quand Madame Lagrange doit-elle sortir de la maison ?

— Demain, dans l'après-midi, à trois heures.

— Pas seule, évidemment?

— Non... accompagnée de sa fille et de la comtesse d'Esbly.

— Sa fille? Vous vous amusez!... Mademoiselle Olga

Lagrange est morte dans l'incendie du *Lapin Couronné!*

— Elle est vivante ; je lui ai parlé... Mademoiselle Lagrange était à Sainte-Anne, ce matin, en compagnie de votre ancienne maîtresse, lady Fenwick.

Le souteneur en habit noir cherchait le mystère et le lien de tous ces nouveaux problèmes :

— Hylas, vous affirmez que Mademoiselle Olga Lagrange se trouvait à la maison de santé, avec lady Fenwick... Elles se connaissent donc?

— Ce sont les deux sœurs !

— Alors, la sœur perdue, dont Cléo parlait toujours, c'est Mademoiselle Lagrange?

— Naturellement.

— Et la comtesse d'Esbly, comment est-elle mêlée à cette histoire?

— Mademoiselle Olga habite chez la comtesse.

Mais, Arthur oubliait toute prudence devant le danger menaçant :

— Nom de D...! la vieille Lagrange va sortir et parler... Je suis foutu!

Gédéon l'observait, souriant de son sourire de crocodile, et il était heureux, le bon docteur, de pénétrer enfin le secret du vicomte.

Il se rapprocha, paternel :

— Allons, allons, mon grand Arthur, il ne faut pas vous faire un mauvais sang inutile et dangereux!... Il y a des remèdes à tous les maux!... Je suis médecin; je dois le savoir! Corbleu! vicomte, un peu d'énergie!... Il serait idiot de désespérer, quand on n'a qu'une vieille dame entre soi et le bonheur!

La Plaçade se dressait :

— Docteur, vous avez raison!... Il faut agir!

Hylas objecta, perfide :

— Comment... j'ai raison?... Je n'ai rien dit!

— Vous n'êtes pas homme à me trahir, n'est-ce pas?

— Vous trahir, mon cher?... Mais, je ne sais rien... Je ne veux rien savoir... Et puis, quel intérêt aurais-je à une trahison?

Cette hypocrisie avait exaspéré le souteneur en habit noir.

— Jouons cartes sur table! dit-il. Moi, vicomte Arthur

de La Plaçade, j'ai assassiné Madame Le Goëz, et vous, docteur Hylas Gédéon, vous avez empoisonné votre première femme; vous avez opéré des avortements sur Blanche Latour et d'autres actrices qui furent mes amies... Une de vos clientes, la marquise de Horn, est morte de votre opération, et si je vais au bagne ou à l'échafaud, vous me suivrez !

D'abord, Hylas s'emporta ; mais, La Plaçade donnait des explications très nettes, et les deux hommes — au nom de leurs cadavres — se jurèrent une aide réciproque.

Le lendemain soir, à trois heures, la comtesse d'Esbly et Olga vinrent prendre Mᵐᵉ Lagrange à Sainte-Anne et la firent monter en landau pour la conduire à Chaville.

M. Eugène Thiercelin, le bon docteur, saluait la libérée :

— Madame, vous êtes guérie... Nul plus que moi n'en est heureux, et, maintenant

— *Gloria in excelsis Deo.*
— Cloé ! (Page 64).

vous avez le devoir de signaler le grand blond à la Justice !

— Oui, Monsieur le docteur, répondit-elle, c'est mon devoir, et, bientôt, j'irai solliciter une audience de Monsieur le Procureur de la République... Adieu, et merci !

On se mit en route. La sœur de Cloé rayonnait d'allégresse et la mère de Lionel, heureuse de sa joie et de la liberté de Mᵐᵉ Lagrange, seconde marquise de Haut-Brion, entrevoyait la délivrance de l'autre, — de l'exilé, — et leur bonheur mutuel.

Rue de la Santé, il y eut un embarras de voitures, et en un coupé de cercle, Mme Lagrange reconnut, près du docteur Gédéon, le vicomte Arthur de La Plaçade.

Dans la crainte que la libérée changeât d'avis et se rendît immédiatement au Parquet, le souteneur en habit noir la suivait, avec le désir de créer des incidents sur la route et de frapper, la nuit, en la maison de Chaville, le témoin de son crime.

A la vue du meurtrier de Mme Le Goëz, Léonie éprouva un tressaillement ; ses yeux s'ouvrirent, démesurés, et elle cria :

— Lui !... Lui !... Le grand blond ! L'assassin !...

—Assez, Madame, dit-elle ou, je vous gifle ? (Page 68).

L'assassin !... L'assassin !...

Mais déjà, La Plaçade avait bondi hors du coupé et disparu dans la foule, et, seul, Gédéon s'approchait des voyageuses.

— Eh bien, qu'y a-t-il, chère Madame, dit le médecin, goguenard, est-ce moi, le grand blond ?

La mère d'Olga hurlait, devenait menaçante : des hommes la transportèrent dans une pharmacie, et au docteur Thiercelin, mandé en toute hâte, Gédéon déclara, cynique :

— J'étais seul en mon coupé... Cette malheureuse m'a pris

pour le grand blond!... Vous voyez bien qu'elle est toujours folle, qu'elle est plus folle que jamais?

Et il s'éloigna, pendant que, sur l'ordre de Thiercelin, on ramenait Mme Lagrange, ligotée, à Sainte-Anne...

C'était une nouvelle nuit, au sortir des ténèbres!

Alors, renseigné sur l'état de la malade, et bénissant la nature qui se joignait aux êtres pour l'aider, le souteneur en habit noir évolua vers de nouveaux horizons.

La réponse de lord Fenwick ayant été maigre et se traduisant par une aumône de quelques louis, Arthur espérait un meilleur chantage contre Mme de Mirandol, fiancée du prince Vorontzow.

Il menacerait la baronne de publier son autographe à Jeanne dans le *Tonnerre Parisien*, et la lesbienne, femme du monde, s'empresserait de racheter sa déclaration.

Mme Don Juan ne voulait plus écrire, mais elle entendait aimer toujours!

Or, si pour un amoureux ou une amoureuse, il est facile — avec du métal — d'éloigner les La Plaçade, les amoureux doivent batailler contre les d'Artaban — avec leur beauté et leur grâce.

Pour corser le spectacle de l'éternel *Triomphe de Vénus*, la Templerie exhibait, au dernier acte, six jeunes et blondes danseuses américaines, les sœurs Arrisson que l'on nommait : « Ventres-Affamés » — à cause des bandeaux masquant leurs oreilles et laissant supposer qu'elles n'en avaient pas.

Un soir, Huguette vit enlever Maud, l'une des danseuses, par M. d'Artaban.

— A vous, marquis, la première manche! lui glissa-t-elle, au passage, mais, à moi, la seconde et toutes les autres « belles » !

Et, dès la nuit suivante, elle recevait les cinq autres, Winifred, Ruth, Noémie, Gladys et Victoria pour une orgie dans le temple de Lesbos.

Toutes les luxures ne lui faisaient pas oublier son idole Emma, et l'heure allait sonner de l'hymen tant désiré.

VI

LE PRÊ⁜ ⁜ A BARBE NOIRE

ux hominibus bonæ voluntatis ! dit le prêtre à barbe noire, en s'avançant dans la chambre de Géraud, tandis que le domestique Anastase Grelu veillait à l'entrée de l'appartement.

Tiburce, l'œil vague, les lèvres baveuses, la langue pendante, oscilla sur son fauteuil, ôta son bonnet grec, fit le signe de la croix, et, au lieu de dire : « Amen! » répondit :

— Cloé !

Il était huit heures du soir, et les Perrotin venaient de s'attabler dans la salle à manger, ignorant la visite de l'homme en soutane qui, l'autre jour, effrayait Nona–Cœlsia par son arrivée mystérieuse.

Comment Théodore Dardanne, encore vêtu de l'habit ecclésiastique, avait-il pu franchir les cinq portes isolant le baron de l'humanité ? Rien ne semblait impossible au directeur de l'agence de la rue Montorgueil, le policier génial, tout dévoué à la cause de Lionel d'Esbly ; et si le concierge ne s'était montré respectueux, et si les portes n'avaient pas cédé à l'outillage des cambrioleurs. Dardanne eût escaladé les murailles, démoli les grilles des fenêtres, ou il fût descendu par la cheminée, avec la terreur ou les bénédictions, tant il brûlait du désir de contempler et d'entendre le sequestré des Perrotin.

L'abbé s'assit devant le vieillard :

— Mon fils, vous avez reçu ma lettre, et vous m'atten-
diez?

— Oui, mon père, et j'honore en vous l'abbé Raphaël, des
Missions Apostoliques...

— Venu pour vous confesser et vous ramener à Dieu !

— Oui, mon père.

— Cher fils, le malheur est sur votre maison, et c'est avec
des larmes de sang que vous pleurerez le crime dont vous avez
été le lâche inspirateur !... Songez à ceux que Dieu voulait
unir, à l'honorable demoiselle, votre nièce et pupille, fuyant
votre libertinage, et, abandonnée de tous, roulant sur le
trottoir !

— Mon père...

— Songez à l'honorable gentilhomme, injustement con-
damné et flétri, et qui se meurt en exil !

— Mon père...

— Songez à la vieille maman d'Esbly, toute ravagée d'an-
goisses !

— Mon père...

Et plus solennel encore, le prêtre à barbe noire tonna, les
yeux flamboyants :

— Baron Géraud, vous irez en enfer, si vous ne m'aidez
pas à établir la vérité, à confondre vos aides, la Michon, Ambroise, et l'objet de luxure, la Môme-Réséda ! Vous irez en
enfer, et vous brûlerez toujours !

— Mon père...

— Toujours ! Toujours ! Toujours !

Le vieux catholique, épouvanté, livide, joignit les mains:

— Que la volonté de Dieu soit faite ! Interrogez-moi, mon
père ?

— *Gloria in excelsis Deo !*

— Cloé !

— *Dominus vobiscum et cum spiritu tuo!*

— Cloé !

— Dites : « Amen » — et mettez-vous à genoux!

Tiburce s'agenouillait, et bégayait, comme un enfant:

— Amen !... Cloé !...

— Vous y rêvez donc éternellement à votre nièce?

— Hélas ! oui, et j'en meurs !... Si je pouvais la voir, ne fût-ce qu'une minute, une seconde ?

— Je vous la montrerai, et vous l'embrasserez, et elle pardonnera, si vous dites la vérité, toute la vérité, rien que la vérité ?

— Je le jure !

— C'est vous, n'est-ce pas, qui avez organisé le guet-apens de la garçonnière d'Esbly ?... C'est vous ?... Répondez !

A ce moment, un bruit de lutte retentit dans le couloir, et, sur le corps renversé d'Anastase, passèrent Nona-Cœlsia et l'architecte.

Les deux époux bondirent dans la chambre.

— Que faites-vous ici, monsieur ? dit Honoré à Dardanne.

L'ex-inspecteur principal lança :

— Que vous importe ! Je ne suis pas chez vous, mais bien chez Monsieur le baron Géraud !

— Mon ami le baron ne voulait pas vous recevoir et vous vous êtes introduit à la façon des malfaiteurs !

— Les malfaiteurs, ce sont les Perrotin qui guettent la succession d'un vieillard et abrègent sa vie !

Mais, déjà, l'Italienne aidait Géraud à se relever, à s'asseoir, le menaçait et lui dictait des ordres ; le vieux articula péniblement :

— Seul maître en la maison, je prie l'abbé Raphaël de se retirer...

Dardanne insistait :

— Réfléchissez, baron Géraud ?... Songez aux peines éternelles !

Sous les œillades de la femme, le baron glapit encore :

— Veuillez vous retirer, Monsieur l'abbé... Je n'ai plus rien à vous dire...

— L'enfer !

— Allez-vous-en, monsieur ! dit l'Italienne.

— L'enfer, baron Géraud ! Songez au Dieu des vengeances !... L'enfer !... L'enfer !...

— Dites donc, l'abbé, gronda Perrotin, Monsieur le baron vous a ordonné de sortir... Est-ce que vous allez nous foutre la paix avec vos histoires de l'autre monde et vos mômeries ?

Le vieillard s'agitait sur son fauteuil :

— Oh! ne blasphémez pas, Honoré?... Ne blasphémez pas ?... Monsieur l'abbé Raphaël, éloignez-vous!

Craignant de tout compromettre par une plus longue insistance, le faux abbé descendit, et, le soir même, l'architecte renvoya Grelu le faux domestique.

Directeur et employé se retrouvèrent, le lendemain matin, à l'agence de la rue Montorgueil, et pendant que Dardanne organisait un nouveau plan de lutte, les bourreaux gardaient leur victime. Oh ! cela finirait, et puisque Tiburce résistait aux breuvages aphrodisiaques et aux luxures honteuses, l'architecte emploierait un poison immédiat et certain !

Honoré voulait agir ; mais, Nona-Cœlsia hésitait encore, avec une croyance robuste en son œuvre de destruction et avec la crainte du bagne. Pour oublier les ignominies séniles, la femme de l'architecte recevait, de temps à autre, le soir, et très discrètement, le vicomte de La Plaçade, car, elle aimait — on le sait — à varier les amours.

Mme Perrotin, qui ne pouvait avoir envers les femmes les largesses royales de Mme Don Juan, n'avait pas même pour les hommes la générosité classique et bourgeoise de feue Éléonore Le Goëz ; elle voulait « faire sa gigolette » comme le marquis d'Artaban « faisait son gigolo » ; mais, outre qu'elle y apportait moins de grâce, de bouquets et de bravoure, elle choisissait mal son héros : le vicomte (il osait s'exprimer ainsi) « ne marchait pas à l'œil » — et l'Italienne (toujours d'après le vocabulaire d'Arthur) « casquait, humble michetonne ».

L'argent du baron — oh ! en dehors des grosses sommes placées par les époux et d'un commun accord chez le banquier Le Goëz ! — s'en allait arrondir la poche du souteneur en habit noir pour tomber bientôt dans la cagnotte du Cosmopolitan-Club, avec les aumônes de lord Fenwick, les avances de Mme de Sainte-Radegonde à laquelle le vicomte promettait toujours le mariage, et les dons de maintes actrices des Fantaisies-Parisiennes, d'habituées du Café Egyptien et de la brasserie du *Bol d'Or* et même de quelques filles de chez la Martignac. Toutes ces femmes n'aimaient pas Miroir, mais toutes en avaient peur, et l'on tirait les billets de banque et les louis des porte-monnaies en filigrane d'or, aussi bien que les pièces de cinq ou de deux francs des longs bas de soie.

Ignoble ! Ignoble ! Ignoble ! Jadis Shakespeare écrivait : « *Most horrible !* » mais, la vie est la vie, éternelle et toujours renaissante dans ses comédies et ses drames — et, près du vice et de l'abjection rayonnent l'honneur et la vertu. Ne voir qu'un côté, ce n'est pas voir la vie. Il faut regarder l'horizon, avec ses lumières et ses ombres ; il faut observer la vie, avec ses bassesses et ses grandeurs, il faut tout dire ou se taire !

Et, le long de ce panorama, autour d'une cause sainte de la justice, entre Lionel d'Esbly, le martyr, et lady Fenwick, née de Haut-Brion, l'ex-Vierge du Trottoir, réhabilitée, si on voyait surgir et grouiller la Môme-Réséda, objet inconscient de luxure, le vieux libertin Géraud et sa maîtresse Nona-Cœlsia, la Michon, l'employé de cercle Ambroise Naumier, le Grand-Maca et leurs amis Le Frisé et Bath-au-Pieu, les Naumier, tenanciers du *Lapin Couronné*, et Pierre Jugot, l'homme au singe, l'avorteur Hylas Gédéon, les souteneurs en habit noir La Plaçade, Perrotin et la Templerie, le sodomiste Reginald Fenwick, l'usurier Jacob Neuenschwander, les rôdeuses As-de-Pique et la Licharde, la grande lesbienne Huguette de Mirandol et son amie Mathilde Romain, l'avare et multiple amoureuse Blanche Latour, le banquier voleur Jacques Le Goëz, les matrones Olympe de Sainte-Radegonde et Elvire Martignac, — au-dessus de cette fange, apparaissaient la malheureuse Mᵐᵉ Lagrange, seconde marquise de Haut-Brion, la mignonne et chaste Olga, la brave couturière Annette Loizet et ses dignes parents, et le fiancé François Laurier, accomplissant son service militaire, sous les ordres du colonel comte Raoul de La Plaçade, l'honnête Delpuget et ses filles encore vertueuses, Fanny et Emma ; le vaillant Théodore Dardanne, le bon docteur Eugène Thiercelin, le joyeux mais honorable marquis d'Artaban, le notaire Edgard Bazinet, michet de Blanche Latour, mais à l'étude, très correct ; le sous-préfet de Senlis et Mᵐᵉ Isabelle de Lavarennes ; le duc Savinien de Louqsor, et sa femme, la duchesse Daisy, née Hopkins, mère ignorée de la Môme-Réséda, nullement vicieuse et que l'amour maternel pouvait sauver de l'adultère avec le Dernier Gigolo, père également inconnu de la Môme, le lieutenant Etienne Delarue, le charmant amoureux d'Emma, et enfin le prince Dimitri Vorontzow, plus que jamais épris de Mme de Mirandol.

Oui, en cet immense tableau de la Ville-Lumière, à chaque personnage du mal — c'est l'admirable contraste de nos agitations terrestres — on pouvait opposer un héros du bien ; et si, de par Mme Don Juan, la lesbienne Rose Léris hurlait et mourait à Sainte-Anne, de par Cloé, Augustine Deyrinas, dite T..., la libérée de Saint-Lazare, toujours dans la maison d'Annette, semblait vaincre la phtisie et devenait une laborieuse et gentille ouvrière.

Résurrections ! Nouvelles hécatombes !

Et la vie s'écoule, à travers les rires et les larmes, amusant ou désespérant le philosophe...

Philosophe, Mme Don Juan l'était, comme peut l'être un type anormal, — corps de femme et cerveau d'homme — qui se moque des lois de la nature et des mœurs ; le prince Vorontzow l'aimait, et elle aimait Emma.

Elle serait princesse et resterait lesbienne !

En ses ardeurs de bacchante, avec l'obsession éternelle d'Emma, la baronne de Mirandol ne respectait rien et cherchait à corrompre les filles de l'aristocratie, de la bourgeoisie, et même celles du peuple.

Déjà, elle avait triomphé auprès de quelques demoiselles de magasin, venues de la maison Vestris pour lui apporter des robes ou des culottes.

Un jour, la brave couturière Annette Loizet lui essayait une robe de bal, et, selon son habitude, Mme de Mirandol, en négligé, voulut se permettre des familiarités galantes. Tout d'abord, Annette ne comprit pas grand'chose aux sourires, aux œillades et aux caresses de la lesbienne, mais, devant une attaque directe, elle se révolta:

— Assez, Madame, dit-elle, ou je vous gifle ?

Elle levait la main, et Huguette — comme autrefois en présence de lady Fenwick, et malgré l'humilité de la jeune ouvrière — dut balbutier des excuses :

— Je suis très enfant... J'ignorais que vous étiez encore sage et « je jouais à l'homme », Mademoiselle...

— Eh bien, moi, Madame la baronne, je n'aime pas ça !

— Cependant, à la maison Vestris, plusieurs de vos camarades n'ont pas été aussi méchantes?

— Les histoires des autres ne me regardent pas !

— Vous préférez peut-être un de ces vieillards, tels que M. Le Goëz, qui guettent la sortie de vos ateliers? minaudait narquoise, Mme Don Juan.

Et, Annette, moins furieuse contre la grande dame qui aurait pu la faire chasser de sa maison, mais qui ne descendait pas à ces moyens ignobles, lui glissa en une belle révérence :

— Non, madame, j'aurai mieux que ça, le jour de mon mariage avec François Laurier, le dragon, qui « jouera à l'homme » quand il le faudra, et pas avant la cérémonie de la mairie et de l'église... On n'est pas riche... on travaille, et l'on est sage tout de même ! .. Votre servante, Madame la baronne !

V

MMA Delpuget, depuis son retour à Chaville, paraissait toute changée : on remarquait en elle des tristesses subites et des joies intempestives ; nerveuse à l'excès, elle passait des journées entières, barricadée dans sa chambre comme en une citadelle et, très souvent, le soir, elle quittait furtivement la villa et s'en allait errer à l'aventure dans les grands bois de Fosse-Repose.

Là, elle s'asseyait sur un banc et rêvait à cet hôtel du boulevard Malesherbes qu'elle avait fui avec horreur et dont, malgré son désir d'oublier, elle comparait les magnificences au chétif intérieur de la maison paternelle.

Ah ! si Mme de Mirandol ne s'était pas montrée si étrange, si fantasque, si en dehors des autres femmes, combien Emma se serait plue chez la baronne, au milieu de ce luxe royal, servie par une armée de domestiques, respectée des visiteurs, et traitée presque en égale par la grande dame !

Et Mlle Delpuget se demandait pourquoi elle s'éloigna, comme une folle, du boulevard Malesherbes, sans savoir seulement ce que Mme Huguette ou « Monsieur Huguet » voulait obtenir d'elle, pourquoi, malgré les prières de sa sœur, les objurgations de son père, elle n'avait rien dit, rien laissé deviner des petites aventures ?... Oh ! il existait un mystère difficile à approfondir !

Et cependant, de son séjour à Paris, il restait en l'esprit d'Emma comme le souvenir d'un doux rêve.

Ce matin-là, un dimanche, par une splendide matinée

d'avril, la fille cadette de Léopold Delpuget, assise sous une
tonnelle, dans le jardinet de la villa de Chaville, lisait un
livre: *Les Annales de la Propagation de la Foi*, en écoutant
le son des cloches, qui se mêlait aux chants des oiseaux.

Une fenêtre s'ouvrit au premier étage, et dans l'encadre-
ment des vignes vierges et des vertes ramures, parut le
visage de Fanny.

La téléphoniste cria à sa sœur :

— Déjà levée, ma belle ?

— Comment, déjà levée?... Il est plus de neuf heures !...
Je t'ai vainement attendue pour aller à la messe...

— Il fallait me réveiller ?

— Je suis entrée dans ta chambre, mais, tu dormais... si
bien...

— Oh! moi, tu sais, quand je ne vais pas à la boîte, j'aime
à m'offrir la grasse matinée... Père, où est-il ?

— A la pêche!... Il y a plus de deux heures qu'il est
parti !

— Je descends.

Emma reprit sa lecture, un moment interrompue, et, bientôt, Fanny, en peignoir, les cheveux ébouriffés, les pieds en
des babouches rouges, vint s'asseoir près de la cadette,
toute mignonne, dans un bleu lainage, sa robe des dimanches.

Elles s'embrassèrent, et Fanny demanda:

— Naturellement, comme c'est aujourd'hui dimanche, ton
fiancé, Monsieur Etienne Delaruc va venir déjeuner?

— Oui... Papa doit aller l'attendre à la gare, en revenant
de la pêche.

Etendue sur un fauteuil rustique, la jeune téléphoniste, les
jambes croisées, un pied en avant, jouait avec sa babouche:

— Dis donc, Emma?

— Sœur?

— Est-ce que ça t'amuse de te marier ?

— En voilà une question !

— C'est une question tout comme une autre... Moi, il me
semble que ça m'amusera énormément !

La cadette souriait:

— Tu as donc un amoureux, Fanny?

— Mais, oui, ma belle... Oh! c'est encore un secret!.. Bah!

entre nous, pas de mystère... Il se nomme Ambroise... Que
veux-tu? On ne peut toujours rester de marbre, et M. Ambroise Naumier, un Parisien, est un fort joli garçon, très
aimable, très délicat... Maintenant, puisque nous sommes
seules et que nous ne craignons pas d'être
dérangées, avant le retour de
papa et l'arrivée de Monsieur le
lieutenant Delarue, tu vas me
dire pourquoi tu as quitté la
baronne de Mirandol?

Emma, rougissante, baissait la
tête sur son livre :

— Je n'en sais
rien moi-même...

— Allons donc,
tu veux rire ! On
ne lâche pas com-
me ça les gens sans
raisons... sans rai-
sons graves !

— Je crois que je
suis devenue folle !

— Le jour de ma
visite à l'hôtel Ma-
lesherbes, tu com-
mençais des aveux,
lorsque la baronne
nous est apparue...
Aujourd'hui, nous
sommes   seules...
Achève ta confes-
sion?

Emma, sous une tonnelle, dans le jardinet de la
villa de Chaville. (**Page 71**).

Un soupir s'exhalait des lèvres de la mignonne lectrice :

— A ce moment-là, je ne savais rien, rien encore...

L'aînée insista :

— Je t'y prends ! Tu sais donc quelque chose?

— Non... Je t'assure... En quittant l'hôtel... j'ai agi
d'instinct... parce que...

— Parce que? Allons?

— Parce que Madame de Mirandol me disait des phrases étranges, et me regardait avec des yeux extraordinaires.. Mais, de grâce, Fanny, ne me demande rien ?... Ne continue pas à m'interroger ?... Je ne parlerai pas... Je ne veux pas parler !

Elle se levait pour rentrer à la villa ; Fanny la retint par sa jupe et l'obligea doucement à se rasseoir auprès d'elle :

— La baronne te faisait peur ?

— Oui... très peur !

—Vraiment?

— Et ma frayeur devint plus grande dans le salon rouge... le temple... que je revois toujours, avec ses glaces, ses tapis, ses divans, ses tableaux, ses statues de bronze et de marbre...

Droit et svelte, le jeune lieutenant ôta son képi.
(Page 74).

—- Ah! il y a un salon rouge... un temple... à l'hôtel du boulevard Malesherbes ?

— Oui... dans les sous-sols...

— Tu as de la veine ! Pour moi, on s'est contenté de m'introduire en un grand salon, artistement meublé, mais pas effrayant !

— La baronne m'a entraînée... presque de force...

— Et, ensuite?

— Elle a disparu, un instant, et est revenue en u...stume bizarre... grec, je crois, peut-être romain, je ne sais pas au juste... Elle ressemblait plutôt à un jeune homme qu'à une femme... Mais, on ne peut lui refuser ça, elle était belle... très belle,.. et ses yeux flambaient comme de vives lumières !

La téléphoniste de Versailles croyait ouïr une légende ou un conte des *Mille et une Nuits* :

— Va toujours, Emma... Elle est originale et amusante, ton histoire !

— Alors, reprit la cadette, Madame de Mirandol s'est approchée pour me saisir dans ses bras... J'ai bondi en arrière et, saisissant une arme, j'ai voulu me tuer...

Fanny s'exclamait, joyeuse :

— Ah ! par exemple !... En voilà une bêtise ! Moi, à ta place, j'aurais cherché à savoir... le reste...

— Et moi, je me suis sauvée !

La grille d'entrée de la villa en s'ouvrant devant Étienne Delarue qui arrivait, interrompit la conversation des deux sœurs, et Fanny, surprise en négligé matinal, remonta dans leur chambre terminer sa toilette.

Droit et svelte, sous le costume des chasseurs à pied, le jeune lieutenant ôta son képi, pressa la main que lui tendait sa fiancée, joyeuse et émue, et prit place sur le rustique siège déserté par l'aînée de la maison.

Il dit :

— Si vous saviez, Mademoiselle Emma, combien je suis heureux de vous revoir ici ? A la nouvelle de votre subit engagement comme lectrice chez Madame la baronne de Mirandol, il m'a semblé que tout s'écroulait et que vous étiez à jamais perdue pour moi !

Elle soupira :

— Nous ne sommes pas riches, Monsieur Etienne... Pour mon père, sans situation depuis longtemps, pour ma sœur qui travaille, et pour l'honneur de moi-même, j'avais le devoir de chercher de l'ouvrage... mais, me voici revenue... Oublions ma courte absence...

— Vous ne retournerez plus chez cette baronne ?

— Jamais !

— Et vous me permettrez de venir ici, souvent, bien souvent ?

— N'avez-vous pas ce droit? N'êtes-vous pas mon fiancé?

— Vous voulez bien m'autoriser à vous dire que je vous aime, que je vous adore... que je ne vis et ne respire que pour vous?

Elle lui sourit, et, dans son virginal sourire, mit toute son âme :

— Oui, Monsieur Étienne, je le veux et j'en suis fière et heureuse !

Ils demeurèrent longtemps plongés en une délicieuse extase, et, autour d'eux, tout célébrait leur pur et jeune amour : le matinal soleil flambait, au-dessus des grands arbres, incendiant le renouveau de la nature, les oiseaux chantaient dans les branches; et en la tonnelle, un chèvre-feuille fleuri les enveloppait de ses premières senteurs. C'était l'avril! c'était le printemps! c'était l'amour!

Emma observait, souriante :

— Je vous en veux, je vous en veux beaucoup, de ne pas nous avoir encore amené Madame votre mère !

— Pauvre chère maman !... Ce n'est pas de sa faute, si elle n'est pas encore venue aujourd'hui !... Elle meurt d'envie de vous connaître et de vous embrasser !

— Et moi, donc !

— Oh! il ne faut pas vous imaginer voir en elle une femme du monde dans le genre de lady Fenwick ou de la baronne de Mirandol !... Non !... Maman Delarue est une bonne petite bourgeoise, « très pot au feu », modeste, timide même; mais, si vous saviez quels trésors d'amour il y a dans ce cœur de mère et quelle abnégation, quel désintéressement... Elle vit, là-bas, tout en haut de la rue Cardinal-Lemoine... bien isolée, mais coquette aussi de son intérieur... Figurez-vous que de peur d'être surprise dans un appartement incorrect, ou mal rangé, elle exige de moi que je la prévienne par une lettre à chacune de mes visites !... Moi, son fils qui n'ai d'yeux que pour elle, moi, un soldat... un officier habitué à la poussière de mes hommes, dans leur chambrée ou à l'exercice et qui me moque du luisant des meubles !... Enfin, elle est ainsi et je respecte sa manie... Elle est si bonne, maman Delarue !

Et, tout à coup, dominant son émotion, il dit, joyeux :

— Soyez tranquille !... Elle viendra !... Je l'amènerai

dimanche prochain... Il est temps qu'elle se décide à faire sa demande officielle à Monsieur Delpuget!

Fanny arrivait, lavée, coiffée, parfumée, avec une robe bleue pareille à celle de la cadette, et un grand chapeau de campagne doublé de satin bleu.

— Eh bien, j'espère que j'ai été gentille, dit-elle, rieuse, et que je vous ai laissé assez roucouler, mes amoureux?... Vous roucoulerez encore, mais après déjeuner... Je viens d'apercevoir papa par la fenêtre... Dans une minute, il sera ici... Le voilà !

Léopold Delpuget faisait son entrée par la grille, vêtu d'une longue blouse blanche par-dessus laquelle se dandinait en bandoulière, un panier de pêcheur ; il était coiffé d'un chapeau de grosse paille, chaussé d'espadrilles, et portait à la main une gaule énorme et fleurie d'un bouchon multicolore.

En apercevant Delarue, il cria :

— Ah! vous voilà, mon cher lieutenant! J'ai mille excuses à vous adresser... J'arrive du train... Une demi-heure de retard...Pas le train...Moi!...Vous savez...« quand ça mord », on oublie tout!... Autrement, ça va bien, jeune homme?

— Mais, oui, Monsieur Delpuget...

— Et la maman?

— Très bien aussi... J'aurai le plaisir de vous l'amener dimanche...

— Allons, tant mieux! Tant mieux!

Ses deux filles vinrent l'embrasser, et il remit son panier à la téléphoniste :

— Porte ça à la brave voisine qui vous aide dans le ménage et dis-lui de le faire cuire pour le déjeuner !... Une friture admirable !... tout goujons !... Les autres pêcheurs étaient là autour de l'étang, une quinzaine de mazettes, ne prenant rien du tout !... Pas ça !... La peau ! comme disait le petit groom de Monsieur Le Goëz!... Moi... à tous les coups, ça mordait!... V'lan !... Le tour de main... Il n'y a que ça !... Allons, va, ma grande !

Et, au lieutenant de chasseurs :

— Vous passez la journée avec nous, n'est-ce pas, Monsieur Delarue?

— Hélas, non! Je suis de service et obligé de partir dès trois heures pour Vincennes...

— C'est dommage !,.. Nous serions allés conduire Fanny à Versailles... Bien que ce soit aujourd'hui dimanche, elle aussi, est de corvée à son téléphone, n'est-ce pas, ma grande ?

Fanny revenait de porter le poisson à la cuisine :

— Je dois être rendue vers deux heures et je ne reviendrai pas avant neuf...

— Vous voyagez sans doute en chemin de fer, Mademoiselle ? demanda Etienne.

— Quelquefois, Monsieur, lorsque le temps est trop mauvais... quelquefois aussi par le tramway du Louvre... mais le plus souvent, à pied... C'est si près d'ici Versailles !... Et puis, grâce à mes jambes, je n'ai pas le désagrément d'attendre, là-bas, le départ du train ou de la voiture et je suis beauconp plus vite arrivée !

— Chasseur à pied, je connais le *pedibus cum jambis...* mais une demoiselle... seule à travers bois... le soir... la nuit ?

— Certainement, Monsieur... à travers bois... et je n'ai pas encore rencontré de tigres, de hyènes, de lions, ou autres bêtes féroces ! Je n'ai même pas vu de loups... Les bois de Chaville sont bien gardés !... D'ailleurs, tous les soirs, papa, quand il ne s'endort pas, après dîner, sur son journal... ou Emma viennent à ma rencontre... Mon rêve est d'avoir une bicyclette...

— Ce sera, dit la fiancée, mon cadeau de noces !

A midi, on déjeuna d'un gigot de mouton aux haricots et de la « friture », un composé de fretins lamentables, et que, néanmoins, pour la gloire du pêcheur, le lieutenant et les jeunes filles déclarèrent un plat merveilleux ; puis, au dessert, sur la motion de Léopold, tous trinquèrent à la santé de Mme Delarue.

Maintenant, la téléphoniste s'en allait à Versailles, et le jeune officier, escorté de Delpuget et d'Emma, prenait le chemin de la gare.

Etienne ! Emma ! Oh ! les jolis et nobles amoureux, et comme, depuis le « coup de foudre », survenu, lors d'une promenade dominicale autour de l'étang de Ville-d'Avray, ils semblaient créés l'un pour l'autre !

Ils se saluaient.

— A dimanche, Mademoiselle Emma !

— A dimanche, Monsieur Etienne!

— Lieutenant, conclut Léopold, n'oubliez pas de nous amener la maman Delarue!

Tandis que le père et la fille se dirigeaient vers la villa d'Esbly pour prendre des nouvelles de Mme Lagrange, toujours à Sainte-Anne, la baronne de Mirandol, en son hôtel du boulevard Malesherbes, rêvait de la lectrice, avec ses ardeurs de Don Juan.

Don Juan! Oui, Mme de Mirandol, cette grande aventurière *select* incarnait bien, sous l'enveloppe féminine et malgré ses désirs hors nature, le personnage dont l'origine remonte à une légende moyennageuse et sévillane, et qu'ont évoqué et illustré Molière, dans le *Festin de Pierre*, Byron, en un poème, Mozart, dans un opéra, Zorilla, dans un drame en vers, et tant d'autres plus humbles!

Elle bravait le monde, le diable et Dieu!

Rien ne l'arrêtait sur le chemin de la luxure ; mais, à l'encontre de Don Juan Tenorino qui tua, une nuit, le commandeur Ulloa, après avoir enlevé sa fille, Huguette, amoureuse d'Emma, ne songeait nullement à occire le vieux Léopold Delpuget.

L'adversaire victorieuse de Mme Perrotin eut nombre de duels à l'épée ou au pistolet avec des lesbiennes, mais sans qu'il en résultât mort de femme. Par exemple, sur le terrain des conquêtes, elle pouvait lutter avec les hommes les plus vigoureux et les plus galants, et, la veille de ce jour, à un bal travesti chez la duchesse de Louqsor, Mme de Mirandol — toujours en Don Juan et le marquis d'Artaban — toujours en Roi des Parthes, comme à la Redoute de lady Fenwick — avaient échangé, sous le masque, un dialogue où se jouaient les destinées de la pucelle de Chaville.

Et, d'après la légende et le *Don Juan*, de Zorilla, chacun tira sa liste — son tableau d'Amour où figuraient, non les hommes et les femmes tués en duel, mais seulement les beautés conquises.

Le Dernier Gigolo. — Baronne, combien de victoires amoureuses depuis un an ?

Mme Don Juan. — Soixante-huit, marquis.

Le Dernier Gigolo. — Moi, cinquante-six... Me voilà battu, mais, c'est incroyable !

Mme Don Juan. — Si vous en doutez, Monsieur, j'ai mes témoins qui le certifieront ?

Le Dernier Gigolo. — Je vous crois, Madame.

Mme Don Juan. — D'une princesse royale et d'une duchesse à deux actrices des Fantaisies-Parisiennes, à une écuyère du Nouveau-Cirque, à une demoiselle de magasin — et, victoires faciles — à des courtisanes, à des habituées du Café Egyptien, de la Brasserie du *Bol d'Or* et de la table d'hôte des femmes, chez la Michon, et aux fonds-de-bain, de la Sainte-Radegonde, aux pensionnaires de la Martignac et aux raccrocheuses des boulevards extérieurs, mon amour a parcouru toute l'échelle sociale !... Y trouvez-vous une lacune, marquis ?

Le Dernier Gigolo. — Oui, il vous manque une pucelle.

Mme Don Juan. — Bon ! Un soir, au théâtre, j'ai lorgné la Môme-Réséda, mais elle est, paraît-il, tout ce qu'il y a de moins vierge, et je n'y pense plus... L'autre jour, j'ai cherché — pendant l'essayage d'une robe — à débaucher une jeune couturière... La couturière m'a rembarrée, et je n'y pense pas plus qu'à la Môme !... Je comblerai le vide avec Mademoiselle Emma Delpuget...

Le Dernier Gigolo. — Votre ancienne lectrice, la blondinette que j'ai eu l'honneur et le plaisir de rencontrer, un matin, chez vous, à table ?

Mme Don Juan. — Précisément.

Le Dernier Gigolo. — Ce serait abominable !... D'ailleurs, lady Fenwick assure que Mademoiselle Delpuget est très honnête, ne demande qu'à se bien conduire et va épouser un lieutenant de chasseurs !

Mme Don Juan. — Il y a des demoiselles que vous, Gigolo, estimez tranquilles comme de la batiste et dont je connais les dessous orageux... Je veux Emma, et je l'aurai !

Le Dernier Gigolo. — Mais, non ! Vous ne ferez pas cela !... Moi, j'hésiterais, malgré mon libertinage, à débaucher cette enfant par les plaisirs naturels et vous reculerez devant votre lesbien et monstrueux désir !

Mme Don Juan. — Je ne recule jamais !

Le Dernier Gigolo. — Elle reculera, elle !

Mᵐᵉ Don Juan. — Voulez-vous me jurer la discrétion sur l'aventure et parier cent louis pour l'œuvre des Enfants-Abandonnés ?

Le Dernier Gigolo. — Vous ne réussirez pas, Dieu merci, et c'est pourquoi j'accepte, en l'honneur des malheureux !... Pour vous avouer vaincue, dites, combien vous faut-il ? Un mois ?

Mᵐᵉ Don Juan. — Quarante-huit heures.

Le Dernier Gigolo. — Vous êtes un type vraiment étrange ! Combien de jours vous faut-il donc par femme ?

Mᵐᵉ Don Juan. — Un jour pour les rendre folles de moi — un autre jour pour les séduire — un autre pour les abandonner — deux pour les remplacer — et pour les oublier, une heure !

Le Dernier Gigolo. — Ah ! Le prince Vorontzow est un grand enfant de songer encore à vous épouser !

Mᵐᵉ Don Juan. — Le pari Delpuget tient toujours ?

Le Dernier Gigolo. — Vous arrêterez-vous, Madame, si je ne parie pas ?

Mᵐᵉ Don Juan. — Non, marquis, non !

Le Dernier Gigolo. — Alors, tenu !... Mais, si vous séduisez Mademoiselle Emma, vous pourriez bien avoir, un jour ou l'autre, baronne, deux statues du Commandeur — celles du père et du fiancé ?

Mᵐᵉ Don Juan. — Eh bien, je me battrai contre les commandeurs de chair... ou de pierre !

Le Dernier Gigolo. — Folle !

Neuf heures du soir. — Après dîner, en la villa de Chaville, Delpuget s'enfonça dans la lecture d'un journal et, selon son habitude, il ne tarda pas à dormir.

Le moment était arrivé de partir à la rencontre de Fanny ; Emma ne voulut pas réveiller son père : elle déposa un tendre baiser sur le front du vieillard, mit sa mante, son chapeau, et sortit de la villa.

Une soirée chaude, toute bleue, lumineuse ; on se serait cru aux estivales nuits, tant il y avait de rayonnement d'astres.

Heureuse de vivre, Emma respirait à pleins poumons l'âcre senteur des arbres, et suivait un petit chemin creux sous un dôme verdoyant de pousses nouvelles.

Tout à coup, de hautes ramures s'écartèrent, et une forme noire géante bondit sur le sentier devant la promeneuse, tandis que de l'autre côté du chemin, une autre forme noire se dressait, pareille : Emma reconnut les deux grandes esclaves de la baronne de Mirandol.

Elle n'eut pas le temps de crier. Aïssa et Akmé l'avaient saisie, bâillonnée, ficelée, mais sans occasionner au jeune corps le moindre dommage, et elles l'emportaient, à travers les arbres, religieusement, ainsi qu'une chose sainte.

Au clair de lune, sur la route de Versailles, un coupé de maître attendait, lanternes allumées, et le cocher, les rênes en mains, le fouet levé, maîtrisait ses chevaux de haute race.

— Enfin, vous voilà ! dit une voix impérative, malgré sa douceur, et que la fille de Delpuget reconnut pour être celle de la baronne Huguette.

— Oui, maîtresse, déclarait Aïssa, et nous apportons la demoiselle.

— Elle est évanouie ?

— Non, maîtresse, je ne crois pas.

— Vous ne lui avez fait aucun mal ?

— Aucun, maîtresse.

— C'est bien, placez-la dans la voiture, et veillez sur elle... Vous m'en répondez sur votre tête !

Les femmes noires huchèrent Emma dans le coupé et s'assirent près d'elle.

— Y êtes-vous ? cria de son siège, la baronne Don Juan, métamorphosée en cocher pour cette expédition galante et nocturne.

— Oui, maîtresse, lançait Akmé, en refermant la portière.

Huguette enveloppa ses chevaux d'un maître coup de fouet, et les pur-sang partirent au galop, emportant l'équipage sur la route de Versailles à Paris.

Dans la voiture, les négresses avaient délivré Emma de ses entraves, et la jeune fille se vit assise, entre Akmé et Aïssa, armées, toutes deux, de leur poignard oriental; elle comprit que toute résistance était impossible, et elle gémit :

— Où me conduisez-vous ?

— Nous ne pouvons répondre, fit Akmé, dont les gros yeux blancs luisaient en l'ombre de la voiture.

— Mais, c'est un crime, un crime abominable que vous commettez là !

Aïssa objectait :

— Le crime, Mademoiselle, serait de ne pas obéir à notre maîtresse.

— Elle est là, sur le siège, votre maîtresse ! J'ai entendu sa voix, tout à l'heure ! Appelez-la ; je veux lui parler !

Les deux esclaves noires gardèrent le silence, et à leur attitude, la fiancée d'Etienne Delarue sentit s'envoler un dernier espoir de liberté.

Cependant, tout vivait autour d'elle ; on était à Paris, et la rue Royale où, maintenant, le coupé s'engageait, en une moins vive allure, étincelait de ses habituelles lumières d'électricité et de gaz.

Par les vitres prudemment fermées, Emma voyait les cafés remplis de consommateurs ; les voitures se croisaient sur la chaussée, et une foule circulait sur les trottoirs... Un cri d'appel entendu, et c'était la délivrance !

Mlle Delpuget voulut briser la glace d'une portière ; mais, aussitôt, quatre bras vigoureux la saisirent, et, pour la deuxième fois, le bâillon et les liens des négresses la rendirent impuissante.

Le roulement plus sourd de la voiture fit comprendre à l'adorée d'Etienne que le coupé passait sous une voûte. On se trouvait boulevard Malesherbes, à l'hôtel Mirandol.

Déjà, le jeune cocher, très suggestif en livrée bleu, était descendu de son siège et gravissait le perron de l'hôtel ; les négresses enlevaient Emma et la transportaient au salon rouge où elles la débarrassèrent des liens.

— Si mademoiselle, dit Aïssa, veut bien attendre quelques instants, Madame la baronne ne tardera pas à arriver.

— Non ! Non ! Ouvrez-moi ?... Je veux sortir ! gronda la dette de Delpuget.

Les Mauritaniennes eurent un sourire :

— Mademoiselle a tort... Madame la baronne ne désire que son bonheur...

— Oh ! oui, son bonheur !

— Ouvrez !... Ouvrez !...

Emma, affolée, se précipitait sur les négresses; mais, une portière de tapisserie se souleva, et Mme Don Juan parut, ordonnant aux esclaves :

— Ackmé, Aïssa, ouvrez les portes, toutes les portes devant Mademoiselle !... La prisonnière est libre !

Et, d'une voix onctueuse, à la jeune fille :

— Oui, Emma, vous êtes libre, mais, avant de vous éloigner, je vous en supplie, veuillez m'entendre ?

Mme de Mirandol entrait, métamorphosée, non seulement par le costume, mais aussi dans ses allures; elle redevenait « femme », vêtue d'un peignoir montant de noir velours à cordelière de satin bleu, et son regard avait une expression d'une infinie douceur.

Sur un geste de leur maîtresse, les esclaves disparurent, et Huguette s'approcha de la beauté blonde :

— Emma, voulez-vous me pardonner ?

Mlle Delpuget s'attendait à voir arriver une femme altière et courroucée, et voilà que Mme de Mirandol se présentait à elle, en une attitude de repentir et de prière.

Elle répondit, étonnée :

— Je n'ai rien à vous pardonner, Madame, mais, je vous en prie, faites-moi reconduire immédiatement à Chaville ?... Mon père et ma sœur doivent être dans une inquiétude mortelle !

Huguette s'efforçait de la rassurer:

— Votre père et votre sœur sont prévenus, ma chère petite; ils savent, par une lettre de moi, que, vous ayant rencontrée, route de Versailles, je vous ai ramenée à Paris, et que vous êtes ici, en sûreté, dans mon hôtel...

Et, faisant asseoir la mignonne, déjà à moitié domptée, sur un des divans circulaires, elle s'accroupit gentiment sur des coussins, à côté d'elle.

Que se passa-t-il, cette nuit-là, entre la baronne de Mirandol et sa lectrice retrouvée?... Nul n'était là pour contempler et révéler ensuite les mystères du salon oriental, et l'historien de mœurs se contente de dénoncer le vice et de le flageller, — sans lever le rideau de l'alcôve.

Or, le lendemain, Mlle Delpuget ne partit pas, et continua son labeur de lectrice auprès de la lesbienne, et le Dernier

Gigolo, selon la gageure, versa cent louis à l'œuvre des Enfants-Abandonnés.

Pendant plusieurs jours, la fiancée du lieutenant Etienne Delarue sembla vivre un rêve, en des alternatives de béatitudes profondes et d'épouvantables remords.

Mais, Huguette demeurait là, toujours prête, avec ses lascivités de tigresse inassouvie, et Emma répondait aux baisers sacrilèges et mortels de la reine de Lesbos : on s'aimait, on s'adorait, le jour, la nuit, et ces débauches et ces orgies durèrent des semaines, sans que la baronne de Mirandol, un tempérament de fer, s'aperçût des ravages qu'elles produisaient chez sa jeune amie.

Léopold Delpuget faisait son entrée par la grille. (Page 76).

Et quelles infâmes lectures ! quelles infâmes leçons ! Oh ! combien lointaines les *Annales de la Propagation de la Foi*, les livres dorés de la distribution des prix et toutes les œuvres morales de Chaville ! Et quelle haine du sexe masculin en l'ardente Mirandol !

Pour Mme Don Juan, les hommes étaient des tyrans, des

monstres, égoïstes dans les plaisirs qu'ils prenaient avec les femmes : ils ne songeaient qu'à eux, et, elle, songeait à Emma !

— Ma réponse, la voici : vous êtes un misérable goujat! (Page 90).

Et, pâle, défaite, la blonde lectrice écrivait :

A M. LÉOPOLD DELPUGET

« Le Cottage-Chaville (Seine-et-Oise).

« Paris, ce 20 avril 1894.

« Cher et honoré père,

« Je suis heureuse, très heureuse auprès de Madame la
« baronne de Mirandol, et j'amasse une petite dot, outre que
« je complète mon éducation.

« Je t'embrasse mille fois, de tout cœur, et je te prie de
« transmettre ces mille baisers à notre Fanny.

« EMMA ».

Dans son inconscience, elle ajoutait :

« P. S. — Veuille dire à grande sœur qu'elle aura sa bicy-
« clette, le jour de mes noces avec le futur général Etienne
« Delarue. »

Ce furent les parents de la lectrice, et surtout son fiancé
Etienne Delarue, qui, tout en ignorant les causes du mal,
signalèrent le danger à la baronne de Mirandol ; et devant la
pâleur de cire et l'énervement continuel de la jeune fille, la
lesbienne s'épouvanta...

Oh ! non, elle ne voulait pas l'envoyer, elle aussi, à Sainte-
Anne !... C'était bien assez de l'autre, de la petite Rose Léris,
dont elle suivait avec angoisse la paralysie générale envahis-
sante, de la jeune victime qui fustigeait de ses sanglants
reproches la prêtresse de Lesbos !

Huguette voulait encore moins laisser mourir chez elle, de
luxure et d'épuisement, son adorée, comme autrefois était
morte Luce Valborgh, une étrangère, chez Faustine de Puypelat, son ancienne amie de pension.

Oui, grâce à une autre lesbienne, on pouvait lire, dans un
cimetière de Paris, sur un mausolée de marbre blanc, au-dessous d'une croix et d'une guirlande de roses blanches dont
les plus belles venaient baiser le nom aimé :

✝

Ici repose

LUCE WALBORGH

Décédée à l'âge de 21 ans
Priez pour elle !

Devrait-on lire bientôt, en l'humble cimetière de Chaville,
et toujours au-dessous d'une croix :

Ici repose

EMMA DELPUGET

Décédée à l'âge de 17 ans ?

Non! Non! Assez de larmes! Assez de cabanons et de cercueils!

Alors, que faire?

Justement, le prince Dimitri Vorontzow venait de recevoir du Tsar, en même temps qu'un congé illimité, l'autorisation de se marier en France. Eh bien, Huguette éloignerait momentanément Emma; elle l'enverrait se rétablir dans sa famille, et, pendant ce temps-là, elle accomplirait le sacrifice en épousant le grand seigneur moscovite.

Mme de Mirandol avait ajourné sa réponse définitive au bel ataman : elle redoutait la clairvoyance du gentilhomme. Mais, escomptant la haute situation du prince, sa fortune royale, la notoriété dont il jouissait à la Cour de Russie et dans la grande société de France, la baronne accepta de devenir princesse Vorontzow; elle songeait qu'un mari de plus pèserait bien peu sur ses destinées et que rien ne l'empêcherait de continuer sa vie de lesbienne.

Vers les premiers jours de mai, Emma quitta l'hôtel du boulevard Malesherbes, en embrassant Mme de Mirandol : il y eut entre les deux femmes, de solennelles promesses, des serments d'amour, et la jeune fille partit, comme elle était venue, accompagnée des deux négresses, mais, en plein jour, et libre.

Le mariage du prince Dimitri Vorontzow et de la baronne Huguette de Mirandol était officiellement annoncé pour le vingt; l'ataman des Cosaques, glorieux de présenter sa femme à la Cour Impériale, avait proposé un voyage de noces en Russie. Contrairement aux usages, la baronne préféra rester à Paris, avec la secrète raison de ne pas s'éloigner d'Emma : les deux époux habiteraient l'hôtel de Mirandol, en attendant le palais merveilleux qu'un architecte élevait, aux frais de Vorontzow, dans l'avenue du Bois-de-Boulogne.

Tous les après-midi, le gentilhomme, exultant de bonheur, venait faire la cour à sa fiancée, et il arrivait, porteur de riches joyaux, et précédé de corbeilles fleuries et odorantes.

Souvent, il caracolait au Bois avec Huguette, ou se montrait à l'Opéra, ou aux Français, dans la loge de la baronne, sans observer les sourires équivoques éveillés autour d'elle.

Dimitri ne voyait rien, ne devinait rien, aveuglé par son grand amour, son amour d'honnête homme.

Cependant, le prince recevait, au Grand-Hôtel, d'abominables lettres anonymes lui révélant la vie intime de la baronne; il cria d'abord à la calomnie et, ensuite, déchira les lettres sans les lire, mais ce qui le troublait bien plus que ces envois attribués au brigandage humain, c'était l'attitude réservée, presque glaciale, de lady Fenwick et du marquis d'Artaban, ses vrais amis, ceux-là!... Il leur parlait de son futur mariage, il aurait voulu faire passer dans leur âme toute sa confiance en Huguette; et, eux, craignant de le heurter et désespérant de le vaincre, s'empressaient de changer le tour du dialogue.

Cloé n'osait pas l'avertir, et le Dernier Gigolo, tenu à moins de pudeur, avait vu s'évanouir, au souffle de l'amour, toutes les allusions nécessaires et pénibles.

Et Dimitri Vorontzow, amoureux comme à vingt ans, continuait son doux rêve!

Or, cet après-midi, Mme Don Juan, en amazone de drap bleu sombre, cravatée de bleu plus clair, et coiffée d'un chapeau Louis XIII, attendait Vorontzow, pour aller avec lui essayer des chevaux de selle que le prince venait de recevoir de l'Ukraine.

Debout, en le grand salon de l'hôtel, elle boutonnait ses gants de fine peau de Suède, lorsqu'un valet annonça :

— Monsieur le vicomte de La Plaçade !

Huguette se souvint que, depuis quelque temps, le bel Arthur la poursuivait de son amour intéressé; plusieurs fois, même, il lui avait écrit des déclarations brûlantes; mais, Mme Don Juan connaissait, par Mathilde Romain et Blanche Latour, la « manière » du souteneur en habit noir, et, haïssant le contact viril, elle n'était pas femme à se laisser prendre aux séductions vulgaires d'un mâle.

Mme de Mirandol, fort surprise de la visite, donna l'ordre d'introduire.

Ah! ce n'est pas sans trouble que le meurtrier de Gabrielle Bouvreuil et de Mme Eléonore Le Goëz arriva chez la hautaine baronne; mais, poussé dans ses derniers retranchements, après une perte énorme au Cosmopolitan-Club, ayant subi un refus de sa vieille amoureuse, la Sainte-Radegonde, ne

pouvant s'adresser à lord Fenwick, qui voyageait en Angle-
terre, il venait tenter une carte nouvelle.

Il n'avait pas l'espérance de devenir l'amant salarié de
Mme de Mirandol dont il connaissait les goûts et aussi le prochain mariage : un sentiment plus bas, plus vil, plus lâche
encore peut-être, le guidait en sa démarche : le vicomte
espérait faire chanter Huguette, et il entra, armé de toutes
pièces.

Jadis, en butte au chantage du Frisé et de ses acolytes, le
souteneur du grand monde riait d'exercer à son tour.

— Madame la baronne, dit-il, vous devez être étonnée de
ma visite, qui, je l'avoue, ne manque pas d'une certaine
hardiesse...

Elle sourit et déclara :

— Monsieur de La Plaçade, de vous, rien ne doit étonner !

— On voit que vous me connaissez, Madame !

— Très peu, de vue... mais beaucoup, de réputation...

— C'est exactement le même observatoire où je suis placé
à votre endroit !

— Vraiment?

— Mon Dieu, oui, Madame, et c'est ce qui fait l'objet de
ma visite...

— Expliquez-vous?

Tous deux s'assirent en face l'un de l'autre, et Arthur dit :

— Sommes-nous bien seuls?... Personne ne peut nous
entendre?

— Absolument seuls, Monsieur, et je vous écoute.

Mme Don Juan avait pris, sur une table, sa cravache à pomme
de lapis, et, pour se distraire, elle tapait à petits coups sur sa
jupe d'amazone.

La Plaçade commença :

— Madame la baronne, je vous ai dit, je vous ai écrit que
je vous aimais, et vous avez répondu par le plus profond
dédain à l'aveu de mon amour...

Huguette ricanait :

— Parce que, probablement, j'en savais le prix, Monsieur
le vicomte !

— Très bien, Madame !. N'en parlons plus... et causons
affaires...

— Affaires?

— Oui, Madame... Vous allez épouser le prince Dimitri Vorontzow, et vos millions réunis à ses millions vont faire de vous une des femmes les plus riches de France...

— Et de Russie, oui, Monsieur... Après?

Brusquement, le vicomte déclara, d'une voix énergique :

— Eh bien, moi, Madame, je puis, si je le veux, empêcher ce mariage !

— Vous? fit dédaigneusement Huguette.

— Oui, moi... en livrant, à votre futur mari, certaine lettre écrite par vous, en un soir d'amour, à Mademoiselle Réséda, artiste aux Fantaisies-Parisiennes, et sur la nature de laquelle il n'y a pas à se tromper !

— Et que vous désirez me vendre le plus cher possible, n'est-ce pas? dit la baronne, en jouant fébrilement avec sa cravache à pomme de lapis.

Arthur objecta, charmant :

— Oh! Madame la baronne, quel gros mot vous venez de prononcer là! Non, Madame, je ne prétends pas vous vendre ce billet, et je vais vous le remettre... pour rien...

Et, après une hésitation :

— Seulement, je connais votre générosité, et j'espère que vous ne refuserez pas, à un homme qui vous rend un tel service... un prêt... oh! un simple prêt de vingt mille francs?

Huguette s'était dressée, et, silencieuse, l'œil allumé, les narines frémissantes, elle regardait l'homme de toute sa hauteur.

— J'attends votre réponse, Madame? balbutia Arthur, debout, et plus intimidé qu'il ne voulait le laisser paraître.

Mais, la baronne éclatait :

— Ma réponse, la voici : vous êtes un misérable goujat! Sortez immédiatement, ou je vous coupe la figure avec cette cravache!

— Madame...

— Sortez, drôle !

Le prince Dimitri Vorontzow, les bras croisés, se tenait devant La Plaçade.

Ni Huguette, ni Arthur ne l'avaient vu entrer, et le bruit des voix, au moment où le prince longeait le couloir, expli-quait son apparition soudaine.

Il dit, calme, dans sa force :

— Madame de Mirandol a raison !... Vous êtes un goujat, un misérable... Je vais vous donner votre argent... Remettez-moi cette lettre ?

Et comme La Plaçade hésitait, l'ami de Cloé et des Lagrange s'arma d'un revolver :

— Alors, vous aimez mieux que je vous brûle la cervelle ?

— Non, mais... glapit le fiancé de la Sainte-Radegonde.

— Ah ! oui... c'est juste !... Donnant, donnant, n'est-ce pas ?... fit l'ataman des Cosaques... Attendez !

Il tira un carnet de chèques de sa poche, emplit, sur le bureau du salon, un des feuillets, le détacha et le jetant au vicomte :

— Vous êtes payé !... La lettre ?

Arthur tendit au gentilhomme le billet amoureux écrit par Mᵐᵉ Don Juan à la Môme-Réséda, volé par lui, Arthur, dans la loge de la divette aux Fantaisies-Parisiennes, et, sans la lire, Vorontzow déchira et brûla l'œuvre indigne.

— Que vous êtes bon ! Que vous êtes grand !... s'écria la baronne de Mirandol, visiblement émue.

— Et bête ! grogna La Plaçade, qui s'éloignait, muni d'un chèque de vingt mille francs, et regrettait de ne pas avoir exigé une plus forte prébende.

Et, seul avec Huguette, le gentilhomme dit, aimable :

— Maintenant, chère fiancée, vous plairait-il de venir essayer vos chevaux de l'Ukraine ?

— Volontiers, ami !

Huit jours plus tard, le prince Dimitri Vorontzow, nonobstant une dernière tentative du marquis Achille, pour empêcher le mariage, épousait à l'ambassade de Russie, et ensuite à Saint-Augustin, et à l'église russe de la rue Daru, la baronne Huguette de Mirandol.

Tout ce que Paris compte d'illustrations dans tous les mondes, figurait à la cérémonie nuptiale ; l'ataman des Cosaques avait pour témoins : l'ambassadeur de Russie et un général de l'armée française : Mᵐᵉ Don Juan était assistée de lord Fenwick, retour de Londres et du marquis de Louqsor.

Cloé et Olga, trop éprouvées encore par le nouvel internement de Mᵐᵉ Lagrange, s'excusèrent ; mais, dans les bas-côtés de l'église, on remarquait le troupeau des lesbiennes :

Mᵐᵉ Cœlsia Perrotin, Mᵐᵉ Gédéon, Mˡˡᵉ Mathilde Romain, les sisters Arrisson, et d'autres actrices ou danseuses, et d'autres femmes du monde, et de grandes horizontales, luxueusement chapeautées, fleuries et diamantées.

Mieux portante, depuis son retour à Chaville, Emma Delpuget se trouvait aussi, avec sa sœur, la téléphoniste, au mariage de l'initiatrice, et pendant la cérémonie, la nouvelle épousée la dévora de ses regards.

Toute une semaine, et malgré sa répugnance et ses dégoûts de l'homme, Huguette dut accepter l'amour du prince Dimitri ; mais, au bout de ce temps, elle cherchait le moyen de se soustraire au devoir conjugal.

Un matin, Vorontzow lui annonça qu'il allait s'absenter pendant vingt-quatre heures : une invitation en Normandie, chez un de ses amis, qui, étant garçon, ne recevait que des hommes.

Vingt-quatre heures de liberté !... C'était pour Huguette, le Paradis, et, tout de suite, elle songeait à Emma, à Emma qui maintenant, rose et fraîche, pouvait revenir sans danger, boulevard Malesherbes.

Dès que l'ataman l'eut saluée, Mᵐᵉ Don Juan monta en voiture, et courut à Chaville d'où elle ramena la jeune blonde, et ce fut pour elles une journée de délices — un renouveau d'amour.

A minuit, le prince Vorontzow gravissait le perron de l'hôtel : un contre-ordre l'avait arrêté en route, et il revenait, heureux de surprendre sa femme.

Il entra dans la chambre conjugale, et s'étonna de la trouver vide : le lit n'était pas défait, et la lampe nocturne, ordinairement allumée, ne brûlait pas en son globe de cristal et d'or...

Sans doute, Huguette, ennuyée d'être seule, était allée au théâtre : bien sûr, dans quelques instants, elle rentrerait...

... Le gentilhomme alluma les bougies d'un candélabre, et attendit en un fauteuil...

Deux heures s'égrenèrent, et l'idée vint à Vorontzow que la princesse n'avait pas quitté l'hôtel ; si elle était sortie, les domestiques veilleraient, et, à son retour, il voyait l'hôtel silencieux et obscur...

Saisi d'une inquiétude vague, il se mit à la fenêtre, sur les

jardins, et des lueurs, venues des sous-sols, lui apparurent...
Il prit le flambeau, descendit l'escalier, et arriva devant la
porte close du temple; il se trouvait face à face avec Aïssa et
Akmé, les deux servantes noires.

— Votre maîtresse? demanda-t-il aux Mauritaniennes.

— Là! répondit Akmé, en lui barrant le passage... Là...
mais, on n'entre pas!

— On n'entre pas?... Et pourquoi?

— Maîtresse l'a défendu!

En tout autre moment, Vorontzow eût respecté les ordres
de sa femme, mais le mystère dont s'entourait Huguette l'in-
trigua.

Il menaçait.

Les négresses reculèrent devant celui qu'elles considé-
raient comme « le maître », et Dimitri passa la porte.

Le temple était faiblement éclairé; et, là-bas, dans l'ombre,
tranchant sur le rouge velours d'un divan circulaire, le gentilhomme vit deux corps de femmes, nus, et lascivement
enlacés...

Huguette et Emma, ivres de champagne, d'éther et de
luxures, dormaient, les cheveux en désordre, toutes livides,
toutes souillées...

Le prince demeura, un instant, immobile, et des larmes
coulèrent le long de son mâle visage.

Il se disait :

— Me venger? La punir?... La loi est désarmée; le commissaire de police ne constate pas ce genre d'adultère, et s'il
faisait un procès-verbal, et si je traînais ces femmes devant
les tribunaux, le délit n'étant pas prévu dans le Code, elles en
sortiraient indemnes et railleuses, avec les bravos de la
galerie, et, moi, je m'en irais, grotesque!... Un homme,
trahi par un autre homme, défend son honneur : on se bat
contre de la chair vivante, et cela, c'est de la pourriture !

Vorontzow regarda encore longuement les lesbiennes
endormies, non pour se repaître de leurs chairs nues et lasses,
mais afin de se convaincre qu'il n'était pas le jouet d'une
hallucination, et de graver en sa mémoire le tableau de
honte et d'ignominie — les obsèques immondes et doulou-
reuses de son noble et pur amour; puis, quittant le salon
rouge, il remonta dans sa chambre, emplit un sac de voyage

des objets les plus nécessaires, et, pâle d'une pâleur de mort, il alla coucher au Grand-Hôtel.

La baronne se réveillait, au matin, entre les bras de son adorée ; les négresses lui apprirent la visite nocturne du maître ; elle s'emporta, les cravacha, menaça de les brûler vives, de les crucifier, hurlant :

— Vous m'appartenez ! Vous ne devez obéir qu'à moi !

Mlle Delpuget implorait la grâce des servantes ; Mme Don Juan l'accorda au prix de nouveaux baisers, tandis que là-bas, à Vincennes, le jeune officier Delarue commandait ses hommes et rêvait, en même temps que de la Patrie et de la gloire, d'une fille sage et blonde et de sa maman à lui — la petite et discrète bourgeoise.

VI

LA TOUTE-PUISSANCE DE LA CAGNOTTE

Jamais, depuis l'Exposition Universelle de 1889, les actionnaires, changeurs et croupiers du Cosmopolitan-Club ne s'étaient trouvés à pareille fête; jamais banques plus formidables n'avaient été taillées sur le vert tapis, et, ce soir-là, on aurait dit qu'un vent de folie passait sur la cohue de redingotes, de vestons, de jaquettes, de smokings et d'habits noirs assis ou debout autour de la table principale; partout, des regards anxieux, des physionomies congestionnées ou très pâles, stigmatisées de sourdes inquiétudes et de fugitifs espoirs.

Le prince Dimitri Vorontzow était en banque, et devant lui s'entassaient des monceaux d'or, d'argent, de billets bleus, de jetons rouges et blancs et de plaques violettes nacrées.

Mais, combien changé, l'infortuné ataman des Cosaques ! Lui, hier, si grand et robuste, semblait un vieillard courbé sous l'angoisse, avec la vision des lesbiennes et de son irréparable malheur : il passait ses journées, enfermé dans une chambre, au Grand-Hôtel, se promenant, bondissant, tel un fauve de son pays; il ne voyait plus personne, pas même Cloé, pas même Olga, dont il redoutait les consolations, ne voulant pas être consolé ! Il ne mangeait plus, il ne dormait plus, il ne buvait plus, et le soir, pour s'étourdir et oublier, il montait au Cosmopolitan-Club, où, froidement, ne prononçant que les mots nécessaires à la partie, il taillait à banque ouverte, gagnait sans émotion et sans plaisir des sommes considérables; et puis, vers trois heures du matin, il sortait du cercle et marchait à l'aventure, plongé en ses pensées et se surprenant quelquefois, à l'aube, en pleine campagne.

Vorontzow demanda, lugubre :

— Combien de fait, croupier ?

L'employé compta vivement de l'œil les amas d'or, de jetons et de billets étalés aux numéros des pontes, et répondit :

— Trois mille louis environ, mon prince.

—C'est peu ! Et aux joueurs

—Personne ne fait plus rien, Messieurs ?

— Cent cinquante louis qui tombent ! cria Jacques

Il prit le flambeau, descendit l'escalier et arriva devant la porte close du temple.
(Page 93).

Le Goëz, arrivant, tout frais, de la salle de lecture.

— Deux cents louis, tableau de droite! déclara maître Bazinet, le notaire de la rue Royale.

Et. s'adressant au marquis d'Artaban, qui ne voulait pas jouer contre Vorontzow et suivait la partie en amateur :

— Si je perds ce coup-là, jamais, entendez-vous bien, jamais je ne touche une carte!... J'ai une guigne noire !

— Bah ! vous êtes si heureux en amour ! lui lança le Dernier Gigolo.

Le notaire tourna le dos, sans répondre ; il ne pardonnait pas à d'Artaban la station qu'il avait faite, une nuit, devant la porte du marquis, pour surprendre Blanche Latour sortant de la garçonnière.

Cartes en mains, la tête haute, le prince Dimitri attendait d'autres mises, et, pendant ce temps-là, Arthur de La Plaçade, le visage décomposé, froissait entre ses doigts un billet de cinq cents francs.

Ce billet perdu, plus de res-

— Parce que ?
— Parce que, en me donnant le jeu de cartes, vous me passerez une portée..
(Page 107.)

sources!... Aussi, le bel Arthur hésitait... Déjà, trois cents louis, tout ce qui lui restait de son chantage chez Mme Don Juan, venait d'arrondir la petite montagne d'or de l'heureux banquier — et, cela, grâce à l'intermédiaire du docteur Hylas Gédéon, car le vicomte n'osait affronter Vorontzow en face — et le souteneur en habit noir se demandait s'il ne serait pas plus sage d'aller retrouver Mme Nona-Cœlsia Perrotin, sa nouvelle maîtresse, à l'hôtel du baron Géraud.

Justement, l'architecte Perrotin entrait, accompagné de La Templerie, et c'était l'heure du rendez-vous d'amour.

Singulier accouplement que celui du souteneur en habit noir et de l'intermittente lesbienne! Pas un atome d'amour entre ces deux êtres, pourtant si bien faits pour s'entendre, une passagère toquade pour Cœlsia, captivée, comme tant d'autres par la mâle et séduisante beauté de Miroir; une espérance de lucre, chez le vicomte, n'ignorant pas que l'Italienne puisait à pleines mains dans les coffres du vieux Tiburce, et voulant faire de Mme Perrotin une seconde Éléonore.

L'homme à la barbe dorée s'éloignait; un coup d'œil ironique du Dernier Gigolo le cloua sur place; Arthur eut honte de sa faiblesse, et, se dissimulant derrière les joueurs debout, il lança son billet sur la table, annonçant d'une voix changée :

— Vingt-cinq louis... tombés !

Vorontzow distribua les jeux, et, lentement, méthodiquement, faisant glisser les cartes l'une sur l'autre, devant ses yeux, comme pour se payer à lui-même une petite surprise très en dehors de ses goûts et de son habituelle et aristocratique manière, il déclara :

— Messieurs, j'en donne?

Il y eut un soupir de soulagement parmi les pontes; le banquier n'abattait ni huit, ni neuf, comme il venait de le faire cinq ou six fois de suite; c'était une espérance, tout au moins, pour les joueurs, une trêve de quelques instants.

— Une petite? demanda le docteur Gédéon qui tenait les cartes, au tableau de droite.

Le prince donna un huit, et le visage de l'extracteur d'ovaires se contracta en une affreuse grimace.

— La même? plaisanta le joueur du tableau de gauche, aussitôt salué par la chute d'un roi de trèfle.

Dimitri posa son jeu sur la table; il avait baccarat, et gagna des deux côtés en amenant un neuf.

Hylas Gédéon se dressa, furieux, et déchira rageusement ses cartes :

— J'en ai assez!... Oh! c'est dégoûtant, cette veine infernale !

Et il hurla au garçon d'appel :

— Théodule, un rentrant au numéro sept!

De son côté, le notaire mugit :

— Un rentrant au quatre!

Le vicomte Arthur de La Plaçade, impassible en apparence, la main passée dans son gilet à cœur, se labourait la poitrine avec ses ongles : il ne lui restait pas cent sous pour sa voiture.

Théodule, un petit brun, la craie à la main, se tenait près

du tableau noir où il inscrivait le nom des joueurs, et, à côté de lui, Ambroise Naumier, « le maître changeur » du Cercle, en jaquette noire, les deux mains dans ses poches, faisait cliqueter, en un mouvement habituel, des jetons et des plaques.

D'abord, garçon d'appel, puis commis-changeur, enfin changeur en titre et associé de Léandre Ringuet, un lourd et insignifiant vieillard, Ambroise, dit l'Oignon, qui avait laissé pousser sa noire moustache pour se distinguer des larbins, était devenu en quelques mois le véritable caissier du Cercle ; et, sous son gouvernement, avec la mansuétude du Président, M. Carolus Pater, les rabatteurs présentaient les pigeons ; de hideux claque-dentistes obtenaient leur « matérielle », des philosophes élevaient la « poussette » à la hauteur d'un art, et le Cosmopolitan-Club dégénérait en tripot.

Si les prêts ouverts restaient interdits, Ambroise venait d'élargir le champ de l'usure mystérieuse ; quelques milliers de francs, mis gentiment à sa disposition par la Môme-Réséda et d'autres sommes placées entre ses mains pour les faire valoir, par le père Gérôme et Elvire Martignac, amenèrent les transactions initiales ; les ressources augmentaient, et comme Ambroise « faisait marcher la partie », on l'intéressa à la cagnotte.

Maintenant, il opérait sur des capitaux d'une réelle importance, et le président Pater, et le docteur Hylas Gédéon, et le marquis Achille d'Artaban, égaré en ce tripot, lui devaient de grosses sommes.

Un type, ce Carolus Pater, député, ancien ministre et président du Cosmopolitan-Club, oui, une figure originale dans la masse vulgaire où se rencontraient les faiseurs de martingale, les apôtres ou les adversaires du tirage à cinq, l'aventurier « qui a perdu des millions », le monomane qui joue « la montante d'Alembert », tous les histrions et tous les gogos du baccarat.

Honnête et désintéressé, M. Pater ne recevait rien de la cagnotte et il y laissait des rentes, une cinquantaine de mille francs, chaque année, et même son indemnité à la Chambre. Il aimait le jeu, il adorait le jeu, et on racontait que, sommeillant un jour, au Palais-Bourbon, comme le Président disait « La parole est à M. Pater ! » il répondit : « J'en donne ! » On chuchotait aussi que Naumier lui avait glissé dans une taille, une portée, et en langage de baccarat, une « séquence » pour le faire se rattraper et payer à la caisse, mais l'histoire, invraisemblable, était inexacte : Ambroise tenait la cagnotte — la grande engraisseuse — et il n'aurait point voulu risquer la situation et se compromettre.

Malgré les fatigues du baccarat, M. Pater gardait un esprit alerte, et il fallait le voir, avec sa petite taille, ses favoris courts et blancs, la pipe à la bouche, et il fallait l'entendre évoquer et même chanter le vieux quartier latin !

Les membres du Comité subissaient l'autorité bienveillante de Carolus Pater, et rien ne gênait le Caissier du tripot.

Naumier, dans sa grandeur, se montrait aimable et obligeant : il avait le louis facile et s'enorgueillissait de traiter avec des gentilshommes tels que lord Fenwick, le prince Dimitri Vorontzow, le duc Savinien de Louqsor, le marquis Achille d'Artaban, et des notables comme maître Edgard Bazinet et les banquiers Le Goëz et Nuenschwander ; il leur prêtait du jour au lendemain ou à la huitaine, leur demandait des tuyaux de Courses ou de Bourse, émaillant sa conversation de drôleries et de pataquès énormes, venus du *Lapin Couronné* ou de la Maison Centrale.

Très joueur, mais empêché, par sa situation, de tenter la fortune autour du tapis vert, il chargeait des pontes d'allonger pour lui, et, entre autres, Noël Ferlux, rédacteur au *Tonnerre Parisien*, un gigolo de vingt-cinq ans, petit, svelte, nerveux, à moustache et barbe rousses, le monocle à l'œil, et qui le faisait chanter, en terme précis au Cercle, et en mots voilés dans son journal. Ils menaient la noce ensemble, soupant à l'*Egyptien* avec des femmes : Blanche Latour, Mathilde Romain, car Ambroise avait la vanité de « marcher » avec les maîtresses de ses clients, bien qu'il eût, et en dehors de la Môme-Réséda, une nouvelle et secrète amie, la téléphoniste de Versailles, la sœur d'Emma Delpuget.

Au jeu, aux Courses et en festins, le Caissier du tripot dépensait royalement. Mais, que lui importait ? N'avait-il pas ses poules aux œufs d'or, la cagnotte et les prêts usuraires ?

Depuis un instant, le vicomte de La Plaçade rôdait autour d'Ambroise, interviewé par Noël Ferlux.

Il attendit que la conversation fût terminée et toucha légèrement le maître-changeur sur l'épaule :

— Passez-moi vingt-cin_ louis, Ambroise ?

Naumier le regarda, stupéfait :

— Vingt-cinq louis, Monsieur le vicomte ?

— Oui, vingt-cinq louis... Pourquoi cet air épaté ?... Est-ce que vous tombez de la lune ?

— Je ne les ai pas sur moi, Monsieur le vicomte, et, d'ailleurs, vous le savez, les prêts sont interdits !

— Ce qui ne vous a pas empêché de donner cent louis, tout à l'heure, à Monsieur Edgard Bazinet ! Ne niez pas ?... Je vous ai vu !...

— Eh bien, si vous m'avez vu, je vous répondrai que Monsieur Edgard Bazinet... est Monsieur Edgard Bazinet !

Le bel Arthur se mordit les lèvres, mais ne se fâcha pas :

— Voyons, en vous fouillant bien ?

— Impossible !

— Mon petit Ambroise, un bon mouvement ?... Passez-moi vingt-cinq louis jusqu'à demain matin ?... Vous n'aurez qu'à envoyer chez moi... Il y aura un joli bénéfice !

— C'est défendu, je vous le répète !

— Alors, ce qui est défendu pour le vicomte Arthur de La Plaçade ne l'est pas pour Edgard Bazinet ?

Ambroise s'impatienta :

— N'insistez pas, je vous prie ?

— Vous êtes dur ! soupirait le vicomte.

— Je suis comme ça !

Et, tournant le dos au bel Arthur, il alla rejoindre le marquis d'Artaban qui l'appelait.

Le Dernier Gigolo lui demanda :

— Vous demeurez toujours rue du Cirque, Ambroise ?

— Oui, Monsieur le marquis

— J'irai, demain matin, vous voir.

Naumier comprit ce dont il s'agissait.

— Je ferai observer à Monsieur le marquis — et avec respect — qu'il me doit déjà une somme considérable ?

— C'est justement, Ambroise, parce que je vous dois des sommes importantes que je veux prendre des arrangements avec vous. Je tiens à vous donner de sérieuses garanties.., Vous n'avez jamais douté de moi, n'est-ce pas ?

— Oh ! Monsieur le marquis !

— Bien, demain, nous réglerons, et j'espère que vous serez

satisfait... En attendant, passez-moi deux cents louis, mon brave?

— Tout de su te. Monsieur le marquis!

Le prêteur s'exécuta de bonne grâce, et Achille d'Artaban perdit en quelques minutes, ses quatre mille francs contre Jacob Neuenschwander, maintenant en banque.

Mais, La Plaçade ne se déclarait pas vaincu; il fit le tour de la salle de jeu et revint à Naumier, installé à sa caisse, un bureau noir, avec des cases remplies de plaques et de jetons multicolores :

— Ambroise?

— Monsieur le vicomte ?

— Puisque vous me refusez vingt-cinq louis, ce qui n'est pas chic, laissez-moi vous proposer une affaire? Il y a beaucoup de galette au bout...

— Dame! si elle est bonne, votre affaire... Je ne dis pas non... on pourra voir...

— C'est pressé !... Voulez-vous en causer tout de suite?

— Ici, je ne peux pas... mais, dans un instant, je filerai à l'anglaise... Ayez l'œil, et venez me retrouver à la buvette...

— Quelle buvette ?

— Au bar de la rue Louis-le-Grand... de l'autre côté du boulevard... Ça vous va-t-il?

— Dans combien de temps ?

— Une demi-heure, tout au plus.

— C'est bien... Je guetterai votre sortie, et j'irai vous rejoindre...

Naumier reprit son travail, et La Plaçade regarda la pendule.

Elle marquait minuit, et le rendez-vous du vicomte avec Mᵐᵉ Perrotin n'était que pour une heure. Du reste, s'il était en retard, Cœlsia attendrait... Avant tout, il fallait traiter les affaires sérieuses !

Le vicomte entra dans le cabinet de lecture, s'étendit en un fauteuil et alluma un cigare.

— Décavé, vicomte? lui cria une voix, sortant de l'ombre.

— Radicalement, mon cher docteur!

— Comme moi, alors!

Hylas émergea d'un canapé sur lequel il vautrait son anti-

pathique personne et vint s'asseoir, rageur, auprès du bel
Arthur.

— En a-t-il une sacrée veine, le Moscovite !

— Il lui aide, peut-être ? gronda Miroir, plein de ran-
cune.

— Allons donc ! Un ataman des Cosaques ? un parent du
Tsar ? Vous voulez rire...

— Ce qui ne lui a pas évité d'être lâché par sa femme,
quelques jours après leur mariage !

— Ou de l'avoir lâchée... ce qui n'est pas du tout la même
chose ! Car, vous savez... hum !... hum !... la baronne de
Mirandol... On raconte des histoires sur elle !... mais, je
n'aime pas les ragots... Changeons de conversation... Vous
êtes tranquille, maintenant ?

— Oui, comme un homme sur le gril... J'ai besoin de la
très forte somme !

— Et moi donc ! Ce n'est pas de cela que je voulais vous
parler...

— De quoi, de qui, alors ?

— De Madame Lagrange... Elle vous a tiré une belle épine
du pied, en redevenant folle !

— Le sera-t-elle toujours ? glapit le souteneur en habit noir.

— Je n'en sais rien !

— J'aimerais mieux la savoir morte !

— Je comprends ça !

— Il faudra veiller, Gédéon ?

— N'ayez pas peur !

— Allez souvent à l'asile Sainte-Anne prendre de ses nouvelles ?

— Et vous avertir à la moindre alarme ? C'est entendu ! Je
n'y manquerai pas !

La partie se terminait dans la salle voisine, et pendant que
les deux décavés restaient dans le salon de lecture, le prince
Vorontzow ne put éviter le marquis d'Artaban qui s'avançait vers lui, les mains tendues :

— Prince ! mon cher prince, que je suis heureux de vous
voir, seul à seul !

L'ataman des Cosaques lui donna une cordiale étreinte :

— Je vous en supplie, mon cher marquis... ne me parlez
pas d'elle ?... Ne m'en parlez jamais ?

— Vous êtes malheureux, n'est-ce pas, ami?

— Oui, très malheureux... plus malheureux que je ne saurais le dire !... Ah ! si je vous avais écouté, d'Artaban !..... mais je l'aimais !.. Je l'adorais !...

Le Dernier Gigolo lui tenait la main entre les siennes, remué par cette grande douleur :

— Il faut tâcher d'oublier... de vous distraire...

D'un geste angoissé, l'ataman des Cosaques montrait la salle de baccarat :

— J'essaye, d'Artaban, j'essaye !

Achille, lui aussi, cherchait à s'étourdir, à oublier Cloé, son unique et véritable amour ; il avait tenté une nouvelle démarche, et lady Fenwick, malgré l'estime profonde et même l'amour qu'elle éprouvait pour le gentilhomme, voulait rester honnête.

Et lui, longtemps si sage au baccarat, jouait maintenant comme un insensé, et, ce soir-là, il venait de perdre, avant d'arriver au Cosmopolitan-Club, une somme importante, au « Volney » et à « l'Epatant », deux cercles dont il était membre.

Jacob Neuenschwander terminait une banque heureuse, et les deux gentilshommes s'acheminaient vers la salle.

Un croupier annonçait :

— Messieurs, la banque est aux enchères !

— Cinq cents louis ! fit l'usurier des dames.

— Banque ouverte ! cria Vorontzow, du seuil de la porte.

On faisait l'appel, et dans le brouhaha des chaises remuées, le Dernier Gigolo dit au mari de Mᵐᵉ Don Juan :

— Il faut me promettre une chose, Vorontzow?

— Laquelle?

— De ne plus vous isoler ainsi..... De reprendre vos anciennes habitudes? Dois-je annoncer votre visite à lady Fenwick?

Dimitri hésitait; Achille reprit :

— Il faut aller voir notre amie... Au nom de l'amitié que je vous porte, je l'exige !

— Eh bien, j'irai, un de ces jours... Demain, peut-être... En attendant, je vais jouer, et vous, marquis, vous ne jouez donc pas?

— Je viens de perdre deux cents louis sur la banque de Neuenschwander...

Empressé, l'ataman tirait son portefeuille :

— Voulez-vous de l'argent ?... Combien ? Cinq cents louis ? Mille ?

— Non, prince, sourit le marquis d'Artaban... En mon état de fortune présente, je ne serais pas sûr d'être exact à vous les rendre.

— La belle histoire ! qu'est-ce que cela fait ?

— Énormément ! N'insistez pas, cher !

Vorontzow prit place à la banque, et Arthur observa que l'architecte Honoré, dont les pertes avaient été sensibles, s'installait au numéro 11.

Malgré le vol des sommes destinées aux dames Lagrange, après la mort du marquis de Haut-Brion. Perrotin osait affronter le grand seigneur moscovite : Vorontzow, dédaigneux, feignit de ne pas le reconnaître.

C'était l'heure des amours « masculines » de Nona-Cœlsia, mais le vicomte décida de passer d'abord au bar de la rue Louis-le-Grand où le Caissier du tripot lui avait donné rendez-vous.

Justement, Ambroise Naumier lui jetait un coup d'œil et, selon son expression, « filait à l'anglaise ».

Arthur quitta la salle de jeu, et au tournant de l'escalier, une voix féminine partant du salon des Etrangers, le héla au passage :

— Eh ! Monsieur de La Plaçade ; un mot, s'il vous plaît ?

La Môme-Réséda et Gladys, l'une des sœurs Arrisson, très nerveuses, se tenaient en la petite pièce.

Jeanne demanda :

— Est-ce que La Templerie est là-haut ?

— Oui, ma chère enfant.

— Pourquoi ne vient-il pas ? Voilà cinq fois que je le fais prévenir par le valet de pied.

— Il joue...

— Ce n'est pas une raison !

— Oh ! si ! une grande !

— Et le marquis d'Artaban ? dit, à son tour, la jeune Arrisson.

— Oh ! celui-là, il perd tout ce qu'il veut !

— On dirait que ça vous fait plaisir?

— J'avoue que j'en éprouve une certaine satisfaction...
Vous n'avez plus rien à me dire?

— Non, Monsieur...

— Alors, au revoir, mes chattes!... Je suis pressé!

Le vicomte traversa l'antichambre du rez-de-chaussée où
le valet de pied de service se tenait en permanence auprès du
tuyau acoustique pour annoncer les visiteurs, et se trouva
devant la porte du club, en face de la longue rangée des voitures de cercle, dont les cochers, presque tous gras, fumaient
et bavardaient, en guettant la sortie des membres.

Rue Louis-le-Grand, la buvette où arriva La Plaçade,
était remplie de consommateurs, et Arthur eut une hésitation ; mais, Ambroise marchait à son avance :

— Entrez donc, Monsieur le vicomte! Un cocktail? Un
brandy-punch? Un sleeper? Un whiskey-stip? Un bluc-blaze?
Un Tom and sherry?

Ils s'installèrent à une petite table, et Naumier fit servir des
cocktails.

— Je suis à vos ordres, Monsieur le vicomte, dit en souriant le Caissier du tripot.

— D'abord, répondez-moi? Pourquoi m'avez-vous refusé
vingt-cinq louis?

— Parce que j'ai l'honneur de connaître la situation actuelle
de Monsieur le vicomte et que, malgré la « reluisance », elle
n'est pas fameuse!

— J'aurais pu gagner, Ambroise, et, vous ne l'ignorez pas,
je suis généreux...

— J'ai pour principe de ne pas mettre le hasard dans mes
opérations financières...

— Le jeu, c'est du hasard...

— Je le sais bien...

— Le hasard? Il y a des gens qui le corrigent...

— Il y en a beaucoup, mais ils risquent gros! Et j'ajou-
terai qu'ils ne sont pas honnêtes...

— Je vous conseille de parler d'honnêteté, vous, Naumier!

— Vous me dites cela à cause de mes trois ans de prison?... Ce n'est pas délicat de votre part... ni bien malin...

— Si l'on connaissait votre passé, vous ne resteriez pas

cinq minutes investi du poste de confiance que vous
occupez au Cercle !

— Oh ! oh ! Faudrait voir, Monsieur de La Plaçade ! Si j'ai
fauté, j'ai expié ma faute, et lors de mon entrée comme domestique chez Monsieur d'Esbly, je venais d'accomplir trois ans de
service militaire.. Mon livret est en règle et j'ai un certificat
de bonne conduite de mon régiment... Ensuite, si j'ai attrapé
ces trois ans de prison, c'est une preuve que j'étais un fidèle
et dévoué larbin, après avoir été un bon soldat... Mais, je
veux bien vous l'avouer, dans les commencements, lorsque je
suis entré au Cercle comme garçon de jeu, sur la recomman-
dation expresse et les bons renseignements du baron Géraud...
si on avait connu la chose... ma situation eût été canulante,
mais, maintenant, que je tiens tout le monde, que ces messieurs, les plus grands, comme les plus petits, ont et auront
besoin de moi... je suis... comment dirai-je ? inamovible !

Arthur ricana :

— Oh ! oui, vous êtes un personnage !

— Pas encore, mais vous verrez plus tard ! D'autres, que je
ne vous nommerai pas sont millionnaires ; je veux le devenir
à mon tour ! Changeons !.. Monsieur de La Plaçade, vous m'avez
parlé tout à l'heure d'une affaire... Voyons cette affaire ? Pas
de temps à perdre ! Il faut que je rentre à mon travail...

Le vicomte baissait la voix ;

— Je suis très malheureux au jeu... Ambroise, il s'agit de
m'aider à conjurer le sort ?

— Comprends pas, Monsieur le vicomte !

— Parce que vous ne voulez pas comprendre ?

— Peut-être !... Veuillez vous expliquer ?

— Vous allez me prêter cent ou cent cinquante louis,
pour prendre une banque, et nous partagerons les bénéfices ?..

Naumier éclata de rire :

— Elle est bonne, celle-là !... Je ne vous ai pas refusé
vingt-cinq louis, pour vous en bailler cent ou cent cinquante !

— Ce n'est pas la même chose... Par ma méthode, nous
gagnerons sûr !

— Parce que ?

— Parce que, en me donnant le jeu de cartes, vous me
passerez une portée... habilement préparée... oh ! quatre
coups d'abatage seulement !

— Voyez-vous ça ? goguenarda l'ancien valet de chambre du comte d'Esbly.

Et, se dressant avec, sur le visage, une indignation réelle :

— Vous me prenez pour un autre, Monsieur le vicomte !

— Mais... Ambroise...

— Je vous dis que vous me prenez pour un autre !

— C'est la fortune que je vous offre ?

— J'ai des moyens plus honnêtes de la gagner!

Et, debout :

— Salut, Monsieur le vicomte ! Quand vous aurez quelque chose de meilleur à me proposer, je serai votre homme !

Il jeta sur le marbre une pièce de deux francs pour payer les consommations, et partit, en sifflotant un air de danse.

Sur le seuil du bar, l'assassin de Gabrielle Bouvreuil et de Mᵐᵉ Le Goëz regarda Ambroise s'en aller, ne comprenant pas

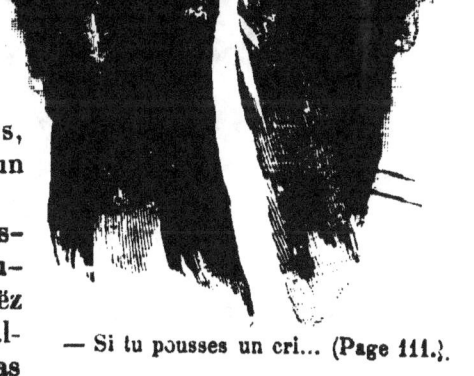

— Si tu pousses un cri... (Page 111.).

que ce garçon qu'il croyait taré jusqu'aux moelles, refusât une aubaine aussi fructueuse ; et puis, boulevard des Italiens, comme ses yeux luisaient vers les fenêtres éclairées du Cosmopolitan-Club, il pensa que, là-haut, l'or, cet or tant désiré, roulait sur les tables, ·

Une seule chance restait au vicomte pour obtenir la somme nécessaire, et engager, cette nuit même encore, la lutte : Demander de l'argent à sa maîtresse ! Mais, voilà ! Mᵐᵉ Perrotin ne ressemblait guère à la généreuse Cloé, à la prodigue

Eléonore ; il l'avait déjà « tapée » de cinquante louis ; vou-
drait-elle délier plus largement les cordons de sa bourse ?
C'est ce que se demandait le souteneur en habit noir, perplexe, mais décidé à ne pas revenir, les poches vides, de son
excursion nocturne et amoureuse, rue de l'Université.

— Roturier Perrotin, place au gentilhomme de La Plaçade ! (Page 114).

Vers une heure du matin, Arthur pénétra dans l'hôtel du
baron Géraud et fut introduit auprès de Nona-Cœlsia, par
Rosine, la femme de chambre toute dévouée à l'Italienne.

Mᵐᵉ Perrotin se trouvait dans le boudoir attenant à sa
chambre à coucher, vêtue d'un peignoir de flanelle rose, et,
tout de suite, à l'attitude inquiète de l'amoureuse, à son
visage défait, au tremblement nerveux secouant tout son être
La Plaçade comprit qu'il devait se passer, en la maison.
quelque chose d'extraordinaire.

En apercevant le bel Arthur, Nona-Cœlsia ne put retenir une exclamation désolée :

— Comment, vous ?... *Per Bacco* ! C'est vous ?

— Ne m'attendiez-vous pas ? demanda, fort surpris, le galant visiteur.

— Vous n'avez donc pas reçu ma lettre ?

— Quelle lettre ?

— Celle que je viens d'expédier à votre Cercle ?

— Il y a plus d'une heure que j'ai quitté le Cosmo...

— C'est donc cela !

— Et que me disiez-vous dans cette missive ?

— De ne pas venir ce soir...

Voluptueuse, elle le prit par le cou, cherchant, avec des baisers, à dissimuler son trouble :

— Allons, mon beau gentilhomme, embrassez-moi et partez, partez vite !

Cet accueil, au moins étrange, dérangeait les plans du vicomte... S'en aller, privé d'amour ? Il l'acceptait, n'étant pas amoureux ; mais partir, sans argent ? Ah ! non !... Jamais!

Et il larmoya :

— Ma belle Cœlsia, vous me renvoyez ? Vous voulez que je m'éloigne, avant de vous avoir dit... de vous avoir prouvé mon amour ?

— Il le faut, cher vicomte !

— Vous êtes cruelle, Cœlsia !

— J'attends mon mari !

— Votre mari ? Il est au Cercle, en train de « ponter », et nous n'avons rien à craindre !

— Honoré sera ici dans quelques minutes... Je suis même surprise qu'il ne soit pas encore arrivé... Je l'ai envoyé chercher...

Arthur éclata :

— Mais, enfin, que se passe-t-il ? que vous est-il advenu ?

— Des choses graves, très graves pour moi, et pour vous indifférentes... Mais, je vous en conjure, partez ?... partez ?... Je vous ferai savoir quand vous pourrez venir...

Le vicomte ne l'entendait pas ainsi ; il eut un accès de lyrisme, en se rapprochant de Mᵐᵉ Parrotin :

— Ma belle, mon adorée Cœlsia, trésor de mon âme, rien de ce qui vous intéresse ne saurait m'être indifférent ! Courez-vous un danger ?... Voulez-vous mon sang... ma vie ? Parlez ?... De grâce, Madame, parlez ?... Tout ce qui vibre en moi est à vous !... Tout !...

Rosine accourait, effarée, dans le boudoir :

— Madame !... Madame !... Voici Monsieur Perrotin... Il monte l'escalier !...

— Fuyez ! ordonna l'Italienne à son amant... Rosine va vous conduire par l'escalier de service... Une rencontre ici entre vous et mon mari serait incorrecte et dangereuse...

— Laissez-moi revenir quand il sera couché... A moi aussi il m'arrive des choses graves, et vous pourrez peut-être me sauver...

— Non, non... une autre fois !... Cette nuit, Arthur, c'est impossible !

— Venez, venez, Monsieur, intervint la femme de chambre, cherchant à entraîner la Plaçade.

Il n'y avait pas moyen de résister, et Arthur, désappointé, suivit Rosine, mais les regards de l'homme venaient de s'arrêter sur un meuble où apparaissait une volumineuse enveloppe, scellée de cire noire.

Le vicomte flaira un mystère, et il voulut l'approfondir.

Rosine l'entraînait, lui faisant traverser un petit salon. Arthur s'arrêta net :

— Deux mots, la belle enfant ?

— Tout à l'heure... dehors, mais pas ici !... Venez, venez, Monsieur ?

— Non... je reste !

— Vous me feriez chasser de l'hôtel ! . prononça Rosine, éplorée.

— Si on te chasse, je te prendrai à mon service !

— Non... venez ?

D'une main, le souteneur en habit noir la saisit au poignet ; et, fixant ses yeux rouges et enflammés dans les yeux bleus et clairs de la jeune servante, il gronda :

— Si tu pousses un cri, je te tue !

Et, en même temps, de sa main libre, il lui mettait la pointe d'un poignard sur la gorge.

Le salon était faiblement éclairé par une lueur venant de l'antichambre, et Rosine vit briller l'acier et sentit la pointe de la lame.

Elle balbutia, épouvantée :

— Je ne dirai rien, Monsieur, mais je vous en supplie, ne me faites pas de mal ?... Ne me tuez pas ?... Monsieur le vicomte, ne me tuez pas ?

La Plaçade lâcha Rosine, et sourit en sa barbe d'or :

— Allons, je vois que tu deviens raisonnable... Du reste. c'est dans l'intérêt de ta maîtresse que j'agis.,. Va, mon enfant... Attends-moi au rez-de-chaussée de l'hôtel, pour me faire sortir tout à l'heure... Demain, tu auras un billet de mille francs...

Il n'en coûtait rien au bel Arthur de promettre, et Rosine, moins effrayée, disparut. Aussitôt, le vicomte se rapprocha de la porte du boudoir, y colla son oreille et écouta.

Perrotin entrait chez sa femme, et Nona-Cœlsia courait à lui :

— Ah !... te voici... enfin !

— Qu'y a-t-il donc ? interrogea vivement l'architecte. Pourquoi m'as-tu envoyé chercher ? Pourquoi ce visage décomposé ?

Elle se dressa devant lui, exaltée :

— Honoré, sans un providentiel hasard, nous serions perdus... irrévocablement perdus !

— Un peu de calme, Cœlsia ?... Tu te montes la boule !

— Nous sommes trahis !

— Trahis ?... Par qui ?...

— Par ton valet de chambre !

— Mais, non ! Je le couvre d'or, et il est aussi loyal qu'Anastase était hypocrite et menteur !

— Ecoute, et tu vas comprendre...

Et d'une voix tremblante, Mᵐᵉ Perrotin déclara :

— Il y a deux heures environ, un bruit de voix descendait de chez Tiburce, et ce n'était pas toujours l'organe du vieillard... Légèrement, j'ai gravi l'escalier et, trouvant toutes les portes ouvertes, je suis arrivée devant celle du baron Géraud... On parlait dans sa chambre... Alors, derrière le guichet, heureusement entr'ouvert, j'ai vu... J'ai entendu...

— Mon valet de chambre... et Géraud ?

— Oui... Tiburce remettait une lettre au domestique. en lui ordonnant de la porter à l'instant même à Cloé de Haut-Brion, c'est-à-dire à lady Fenwick...

L'architecte eut un geste de doute :

— Tu as rêvé, ma bonne Cœlsia! Notre Tiburce n'a pas écrit : il lui aurait fallu de l'encre, du papier, des plumes, et tu sais bien qu'il n'en a pas, et ne peut en avoir!

— Le domestique lui en a fourni!

Honoré devenait anxieux :

— Cette lettre, sais-tu ce qu'elle contient?

— Attends, Honoré.

Et Mᵐᵉ Perrotin ajouta, plus maîtresse d'elle-même :

— Pour ne pas donner l'éveil à Tiburce, je demeurais silencieuse dans l'ombre, guettant la sortie du larbin et écoutant Géraud qui lisait sa lettre et des documents à voix haute... Alors, au moment où le larbin passait, je me suis précipitée sur lui et je lui ai arraché la lettre...

D'un geste large, elle indiqua l'enveloppe dont le blanc quadrilatère et les scellés noirs se détachaient sur le rouge tapis d'une table : Cette lettre, la voilà !

Perrotin bondissait vers l'enveloppe, mais, sa femme l'arrêta gentiment :

— Non... pas encore... Laisse-moi te dire ce qu'elle renferme cette lettre... Elle serait notre irrémissible perte, si jamais elle parvenait à son adresse!

— Un testament, peut-être?

— Oui, un testament en faveur de Cloé, et annulant celui que nous eûmes tant de peine à obtenir!... Mais, ce n'est pas tout!... La lettre renferme encore une sorte de confession écrite par Géraud, sans doute, en l'une de ses heures de mysticisme, et dans laquelle il nous accuse de le voler, de le martyriser, de le tenir séquestré pour nous approprier sa fortune, et dans laquelle, aussi, il demande humblement pardon à Cloé de ce qu'il appelle son crime, lui dénonçant ses complices : Ambroise Naumier, Valérie Michon, et la Môme-Réséda, la petite actrice des Fantaisies-Parisiennes...

L'architecte très pâle, grondait :

— Cette canaille de domestique a dû prévenir Géraud que tu lui as enlevé la lettre ?

— Je l'ai chassé... Il n'est plus à l'hôtel...

Honoré allait et venait dans le boudoir, gesticulant, sinistre et comique. Brusquement, il se planta devant sa femme :

— Cœlsia, ce que le baron a tenté ce soir, il le tentera encore, et le hasard ne nous servira pas comme aujourd'hui!

— Hélas! soupira l'Italienne.

— Donc, il faut en finir, cette nuit même!

— Un meurtre?... Oh! Honoré! Honoré!

— C'est Tiburce qui l'aura voulu!... Notre liberté, notre fortune sont en jeu! Plus d'atermoiements et d'hésitation!... Tu vas pénétrer chez le vieux, ainsi que tu le fais souvent, la nuit, lorsque, par ses plaintes, il nous empêche de dormir... Comme toujours, il te demandera à boire... Tu lui en donneras... à boire... et tout sera dit!

Et se dressant, formidable :

— Du cœur, femme, du cœur!

Il marcha vers la cheminée, et, sur le dessus de rose velours, il prit un flambeau de porcelaine à deux branches :

— Viens, Cœlsia, et du courage!

Ils allaient sortir, mais le vicomte de La Plaçade bondit de sa cachette, s'empara de la lettre demeurée sur la table, et, le poignard à la main, leur barra le passage :

— Halte!... Nom de D...! halte!

Devant cette apparition, l'architecte recula, terrifié, et le flambeau de porcelaine qu'il tenait, tomba et s'éteignit, volant en éclats.

Un autre candélabre, sur la cheminée, éclairait le boudoir.

Perrotin glapissait, verdâtre :

— La Plaçade!... D'où sortez-vous? Que désirez-vous? Que venez-vous faire chez moi?

— Vous empêcher d'assassiner le baron Géraud!... J'ai tout entendu!... J'ai tout vu!... Je sais tout!... Votre fortune, votre honneur, votre liberté sont entre mes mains...

— La lettre?... Rendez-moi la lettre? vociféra l'architecte, pendant que Nona-Cœlsia, à bout d'ardeur, s'effondrait en un fauteuil, priait et jurait, avec des *Ave Maria* et des *Per Bacco!*

Arthur brandissait son poignard aux yeux d'Honoré, et, vraiment, il était très bien le gentilhomme à la barbe d'or, empêchant un meurtre, lui l'Archange du Mal!

Sûr de lui-même, il narguait :

— Roturier Perrotin, place au gentilhomme de La Plaçade!

— La lettre de Géraud?... Je veux la lettre!

— Vous ne l'aurez pas!

Et, escaladant la table, le plus fort des souteneurs en habit noir disparut par la porte restée ouverte.

Honoré et Cœlsia tonnèrent :

— Quel bandit, nom d'un chien !

— Quelle crapule, *Per Bacco!*

Toujours sans argent, mais animé de grandes espérances, Arthur revint au Cosmopoiltan-Club, et là, dans le salon de lecture, il ouvrit l'enveloppe scellée de noir.

Il lut, outre un testament en faveur de Cloé et un appel à la justice contre les Perrotin, cette intéressante déclaration :

« Au nom du Père, du Fils et du Saint-Esprit.
             « Ainsi soit-il !

« Moi, Tiburce, baron Géraud, propriétaire, officier de la
« Légion d'honneur et du Mérite agricole, maire de Haut-
« Brion, conseiller général de l'Oise, demande pardon à Dieu
« de mes crimes, et je m'accuse : 1° D'avoir, il y a vingt-cinq
« ans, violé une jeune fille honnête, à Beauvais, que j'ai
« abandonnée, enceinte de mes œuvres, et malheureuse ; —
« 2° D'avoir — il y a plus de trois ans — organisé un attentat
« aux mœurs contre le comte Lionel d'Esbly, avec l'aide
« d'Ambroise Naumier, le valet de ce gentilhomme, et
« d'avoir, à la même époque, cherché à violer Mlle Cloé de
« Haut-Brion, ma nièce et pupille.

« Que la justice des hommes fasse son œuvre et que Notre-
« Seigneur Dieu me laisse le temps du repentir !

« Fait à Paris, en mon hôtel, rue de l'Université, le
10 mai 1894.

                    « TIBURCE, BARON GÉRAUD. »

Dans la grande salle du Cercle, la partie marchait toujours.

Le vicomte de La Plaçade, joyeux de sa lecture, sut arracher cinq cents francs à Naumier, en le menaçant de divulguer l'affaire du boulevard des Italiens, puis, en le flattant et en l'initiant à ses projets du *Bar Fleuri*.

Il était humble et plat, quand il le fallait, le souteneur en habit noir, et gouvernait sa vie, d'après le mot de Tacite : *Omnia pro dominatione serviliter.*

Au matin, le Caissier du tripot, voyant une recette phénoménale, rêvait d'entreprises nouvelles avec la toute-puissance de la cagnotte.

VII

CAISSIER ET TÉLÉPHONISTE

AMBROISE Naumier habitait un petit appartement, au premier étage, dans une maison de belle apparence, rue du Cirque, près des Champs-Elysées, et comme il ne rentrait du Cosmopolitan-Club que fort tard, dans la nuit, voire même quelquefois à l'aurore, il dormait généralement jusqu'à midi, heure à laquelle Mlle Hortense Rabot, sa bonne, venait lui annoncer que le déjeuner était servi.

Alors, le Caissier du tripot se livrait aux hygiéniques ablutions, endossait une élégante robe de chambre et passait dans la salle à manger, très confortablement meublée à l'anglaise.

Immédiatement après un déjeuner de chanoine, Ambroise donnait ses audiences, s'habillait à la hâte, filait, paradait aux courses, la lorgnette en bandoulière et des « tuyaux » plein ses poches, pour ne revenir que vers les cinq heures à son cercle et en d'autres maisons où l'appelaient de multiples affaires.

Multiples, en effet, les affaires de Naumier. Outre les maquignonnages de l'usure, au club du boulevard des Italiens, à la buvette de la rue Louis-le-Grand et chez lui, rue du Cirque, il commanditait une agence interlope de paris à la cote, et participait aux bénéfices d'une roulette clandestine tenue par Valérie Michon, maintenant patronne d'une table d'hôte pour dames, en son café de l'Espérance, passage Tivoli, aux environs de la gare Saint-Lazare.

On voit que l'amant de cœur de la Môme-Réséda était un garçon actif et intelligent; et, à en juger à la diversité, sinon à la parfaite honorabilité de ses commerces, on pouvait — — en cette fin de siècle où l'argent mène le monde — lui prédire les plus hautes destinées.

Le fils du père Gérôme, le valet devenu gentleman et capitaliste, « posait » devant les étrangers, mais gardait une bonne âme; si, de temps à autre, il allait visiter ses parents, les propriétaires du *Lapin Couronné*, il affectait de ne plus connaître un mot d'argot; il traitait, en une dédaigneuse grandeur, ses anciens aminches le Frisé, le Grand-Maca, même Bath-au-Pieu, ce brave Charles Romanel qui lui offrait toujours des affaires; quant à sœur Julia, à la Licharde et autres raccrocheuses du trottoir et de la *Brasserie du Bol d'Or*, il entendait les ignorer, surtout depuis ses nouvelles amours avec Fanny Delpuget, la téléphoniste de Versailles.

Mais, l'être humain qui désolait le caissier, c'était As-de-Pique, c'était sa sœur, car Julia ne se gênait nullement pour venir le trouver chez lui et elle le menaçait de le relancer à son Cercle.

Or, ce matin-là, sur les neuf heures, Julia Naumier avait trouvé le moyen de pénétrer dans la chambre de son frère, et leur conversation se tenait à un tel diapason que les voisins, surpris, écoutaient à leurs portes.

— Je te dis que tu vas me foutre le camp et plus vite que ça ! grondait l'Oignon, hors de lui-même, ou je te fais ramasser par la police et on te boucle à Saint-Lazare !

De sa voix glapissante, As-de-Pique répondait :

— Saint-Lazare... Eh bien quoi !... Saint-Lazare, ça vaut toujours mieux que Poissy d'où tu sors !

— Te tairas-tu, charogne ?

— Je me tairai si je veux !... Tu ne t'es pas levé assez matin pour me fermer le bec !

Ils étaient tous les deux, debout, en face l'un de l'autre, lui, à peine vêtu d'un caleçon et d'une chemise de nuit, — elle, canaille, en sa robe de soie verte, effilochée, des bottines boueuses, ses cheveux mal peignés, sous un chapeau couvert de fleurs voyantes.

L'Oignon prit un louis en un vide-poches de cristal et le jeta à sa sœur; mais elle, rageuse, le repoussa du pied :

— Ce n'est pas une aumône de vingt francs que je

demande !... C'est cent francs au moins... Tu me les dois ! Tu es mon frère !

— Tais-toi, nom de D...! tais-toi, ou je cogne ?

As-de-Pique leva les poings, et, dans l'attitude d'une boxeuse :

— Essaye voir ! Je te mange le nez et j'ameute toute la maison !

— Enfin, parle ? Qu'est-ce que tu veux ?

— Je te l'ai dit : cent francs ! Je suis sans un rond !... Je n'ai rien à me mettre sur les fesses, rien à boulotter et, cette nuit, j'ai couché sous les ponts !

Il s'attendrissait :

— Fallait aller trouver la mère Naumier à la Villette !

— Ah ! bien oui, la mère Naumier ! Elle est comme toi : elle me renie !

— Tu ne fais donc plus ton turbin sur les grands boulevards ?

— J't'écoute !... foutue comme me v'là, avec du linge qui schlingue et une robe qui ne me tient plus au derrière !... Allons donc !.,. C'est plus possible !... On doit être mieux nippée que ça pour aguicher les clients des grand's boul's... J'ai essayé de remonter là-haut, du côté de Belleville... Ça a marché quelques jours, et, maintenant, c'est fini de rire !... Je suis à moitié claquée !... Dame ! quand on ne mange pas ! Je commence à tousser, et bientôt, je cracherai mes poumons, comme autrefois la pauvre Titine !... On n'est pas de fer, Ambroise ! On n'est pas de fer !

Elle n'était plus en rage ; elle se lamentait, pleurait, et Ambroise sentait des larmes gonfler ses propres yeux.

Sans rien dire, il alla chercher deux billets de cent francs dans une caisse, et les apporta à sa sœur :

— Tiens, prends, ma pauvre As-de-Pique... Voilà de quoi te requinquer, louer une chambre et manger pendant quelques jours !

Elle le regardait, confuse :

— Oh ! merci... merci, Ambroise !... Tu me sauves !... Là... Vrai !... Tu me sauves !... Je te demande pardon de mes insultes de tout à l'heure... Pardon, Ambroise ?

— Bah ! c'est envolé !... Quand tu n'auras plus d'argent, il faudra m'écrire... Je ne suis pas un ours !

— T'écrire ? Tu ne veux donc pas que je revienne te voir

— Non, Julia... Oh ! pas pour moi ! pour les autres !

As-de-Pique murmura :

— Je comprends, Ambroise... Tu as raison... D'une sœur comme moi, un monsieur a honte !

Julia sortit, heureuse, et l'Oignon se mit à rire... Il ne se reconnaissait plus, l'Oignon, et songeait :

— Suis-je bête, tout de même !...Lâcher deux cents francs comme si j'étais déjà millionnaire !

Et, gaiement :

— Cette charité de frangin me portera bonheur !... Je rattraperai ça sur une affaire, et vive la cagnotte !

Après le départ de sa sœur, Naumier se remit au lit jusqu'à l'heure du déjeuner, et, au moment où il allait vers sa table, la Môme-Réséda pénétra en coup de vent dans la chambre :

— Hein !... Tu ne m'attendais pas, Ambroise ?

Le Caissier du tripot semblait ennuyé :

— Pour sûr, non... pas ce matin... mais, il m'est toujours agréable de te voir...

— Tu as l'air d'un monsieur qui ne dit pas ce qu'il pense !

— Et toi, d'une demoiselle toute prête à me faire une scène !... Merci, je sors d'en prendre !

Et, lui tendant les bras :

— Viens m'embrasser, méchante ?

— Pas avant d'avoir visité ton appartement !

— Pourquoi cette inspection ?

Elle dit, moqueuse :

— Je désire voir l'endroit où tu caches ta femme.

— Une femme ? Moi ?...

— Avec ça que tu te gênes pour la recevoir ici... ta demoiselle du téléphone !

— Du té-lé-phone ? prononça l'Oignon, qui jouait l'ahuri.

— Oui... Du téléphone de Versailles !

Elle était très gentille, la Môme-Réséda, en printanière et fraîche toilette écrue, soutachée de bleu pâle, gants de Suède à dix-huit boutons, et chapeau de paille blanche garni de coquelicots et de marguerites.

Ambroise cherchait une excuse, un mensonge. Comment, diable, Jeanne savait-elle que, depuis deux mois, il la trom-

pait avec une charmante jeune fille, employée au téléphone
de Versailles?... Elle en prenait, cependant, des précautions,
Fanny Delpuget, pour s'échapper quelquefois de Chaville et
venir le voir à Paris! Et lui, avec quel soin il se cachait pour
aller rejoindre sa maî-
tresse, tantôt dans les
bois, tantôt dans une
chambre d'hôtel meublé
de Versailles, où il lui
donnait rendez-vous! Et
voilà que la Môme-Ré-
séda savait tout! Vrai-
ment, c'était à n'y pas
croire!

La divette, dont le bé-
guin venait de s'éva-
nouir, jouissait de l'ahu-
rissement de Naumier.

Elle lui jeta :

— Veux-tu que je te
dise son nom, à cette
blonde téléphoniste ?...
Elle s'appelle Fanny Del-
puget et habite chez son
père, à Chaville.

— Tu es donc sorcière?
Voyante?Tu as donc con-
sulté une somnambule
ou l'ange Gabriel?

— Rien de tout ça!
Madame Beaulardon,
ma manucure, possède

Ambroise paradait aux courses. (Page 116).

une nièce, aussi employée au téléphone à Versailles...
Fanny est son amie intime et lui a raconté comment elle avait
fait ta connaissance à Paris, au bal de charité, organisé par
les demoiselles du téléphone... et comment tu étais devenu
son amoureux...La nièce de ma manucure n'a rien eu de plus
pressé que de révéler à sa tante le secret de son amie, et la
manucure, sachant que je suis ta maîtresse, m'a tout dit..
C'est simple comme bonjour!

Et, voyant l'air déconfit d'Ambroise :

— Allons, ne tourne pas au croque-mort ! Je sais bien
que Mademoiselle Fanny Delpuget n'est pas chez toi, aujourd'hui. Nous
en avions assez
l'un et l'autre...
Donc, la Môme
n'est pas jalouse,
et se contrefiche
de tes amours,
espèce de Don
Juan !... Et si je
suis venue te dé-
ranger d'aussi
bonne heure, c'est
pour t'apporter
de la galette... que
tu me feras va-
loir, avec l'autre,
à ton Cercle...
Il paraît que le
marquis d'Arta-
ban a pris, cette
nuit, une rude cu-
lotte ?

— Oh ! oui !...
J'ai encore mar-
ché de vingt mille !

— Je le tiens
de mon animal de
directeur ! Ce co-
cu-là s'est refait
sur le Dernier Gi-
golo !

L'omnibus des Balignolles-Jardin-des-Plantes, déposait la matrone boulevard St-Germain, à l'angle
de la rue Cardinal-Lemoine. (Page 130.)

Elle tira d'un petit portefeuille de cuir rouge cinq billets
de mille francs et les remit à Naumier :

— Toujours dix pour cent ?

— Toujours !

— Parbleu, tu prêtes à quarante ou cinquante...

— Chut !... Tu recevras davantage si la combinaison dont

m'ont parlé La Plaçade, Perrotin et La Templerie est agréée du baron Géraud et de la Préfecture...

— Le *Bar Fleuri?*

— Oui, mon ange...

— Comme à Monte-Carlo?

— Tout juste!... Comme à Monte-Carlo!... En attendant, nous avons — au Café de l'Espérance — après la table d'hôte des femmes, une petite roulette...

— C'est dommage que j'aie juré de ne jamais mettre les pieds chez cette gueuse de Michon... sans quoi... j'irais voir ces dames!

— Viens tout de même!... Elle ne te mangera pas!

— Nous verrons, cagnotard!

Et, rieuse :

— Oh! non! Valérie et son fossoyeur ne me mangeraient pas!... Ils seraient même très aimables, car ils ont peur de moi, les misérables!... Ah! si tu n'étais pas compromis, mon cher Ambroise, comme je la dégoiserais maintenant, la vérité... vraie... sur l'affaire d'Esbly!

— A quoi cela te servirait-il?

— Quand ça ne servirait qu'à faire coffrer la Michon?

— Et à te procurer un tas d'embêtements!... Crois-moi, Jeannette, ne remue pas le passé... Le comte d'Esbly est libre, il vit heureux à l'étranger... Ce n'est pas comme s'il était encore à la Centrale!

— Oui, c'est vrai!... Mais, il y a aussi l'autre affaire qui pourrait la mener loin, la Michon, en compagnie de son Maca, du Frisé et de Bath-au-Pieu!... Et c'est plus grave encore!... Ils ont voulu assassiner, une nuit, Mademoiselle Cloé de Haut-Brion, et, sans la Môme, il n'y aurait pas de lady Fenwick!

L'Oignon haussa les épaules :

— Et tu imagines que Mademoiselle de Haut-Brion, maintenant lady Fenwick, serait bien contente de figurer encore dans un procès?

— Non, et c'est justement ce qui sauve la Valérie et les autres!... Ah! ils ont de la chance, les brigands!... Au revoir, Ambroise... Je file...

Ils s'embrassèrent, et l'ex-amant de cœur ne chercha pas à retenir la maîtresse de M. Victor.

Le Caissier du tripot attendait la téléphoniste.

Mlle Fanny Delpuget, qui avait obtenu quelques heures libres de son administration, arriva, émotionnée, toute craintive, en robe bleue et toque de léger et noir velours.

Par quelle ironie du destin, cette fille gaie et sage, malgré la pauvreté, intelligente et laborieuse, se livra-t-elle au Caissier du tripot, alors que sa sœur Emma devenait la victime de Mme Don Juan? La vue des toilettes d'Emma, ses parures, tous les cadeaux de Mme de Mirandol éveillèrent la coquetterie de l'aînée, sa jalousie peut-être; Ambroise était beau garçon, il était généreux, aimable, et Fanny se laissa séduire. La chute de la vierge eut lieu dans un restaurant, près les bois de Fosse-Repose, témoins du duel des lesbiennes, et Ambroise promit à la téléphoniste le mariage.

Exécuterait-il son engagement?

Caissier et téléphoniste déjeunèrent, et, après leurs amours, Fanny reprit le chemin de Versailles.

— A dimanche, mon aimé!

— A dimanche, mon adorée!

Maintenant, l'ex-valet de Lionel, seul en son bureau d'affaires, meublé — comme sa chambre — à l'anglaise, et orné de chromos représentant des jockeys et des chevaux de Courses, avec, dans les placards, une roulette, des cartes, un jeu des Trente-six-Bêtes, allait donner audience à sa clientèle.

Hortense annonça :

— Monsieur Henri Nérac.

Et, aussitôt, parut le jeune poète esthète, le visage angoissé, les yeux rougis par les insomnies et les larmes.

— Ah! c'est vous? dit Naumier, sur un ton qui ne présageait rien de favorable.

— Oui, c'est moi, Ambroise, balbutia le micheton de Blanche Latour...

Puis, s'enhardissant :

— J'étais navré, désespéré... Il me fallait trois mille francs, et, grâce à mon ami Albert Monjot, le clerc de maître Bazinet, j'ai obtenu encore pour cette somme l'aval du notaire...

— Vous n'oubliez pas que la première valeur de quatre mille, signée de vous et avalisée du notaire, vient à échéance dans huit jours?

— Oh! je ne l'oublie pas et je réglerai.

— Sur votre prière, Monsieur Nérac, je n'ai rien dit à maître Bazinet; je m'en suis rapporté à votre honneur, mais si vous ne payez pas, il paiera lui, hein?

— Certainement!

Le jeune poète tremblait, et l'on voyait sur son visage qu'il se passait en lui une épouvantable révolution morale; il dit :

— Vous me connaissez, Ambroise... Vous savez que, malgré le baccarat, je suis un travailleur?

L'amant de Fanny observait :

— Oui... un poète... un monsieur qui fait des vers que personne — au dire du vicomte de La Plaçade — ne lit!

— Votre La Plaçade est un souteneur; moi, je suis un artiste! On me lira, on me célébrera, un jour, et je vais écrire pour les Fantaisies-Parisiennes une pièce avec mon ami Monjot, déjà applaudi, sous un pseudonyme, à Déjazet et à Cluny.

— Monsieur Monjot est auteur?

— Il l'est et signe : « Le Clerc », mais, maître Bazinet l'ignore, et, s'il le savait, il renverrait Albert de son étude...

— Mon cher Monsieur Nérac, si vous n'aviez pas d'autres garanties à me donner que des histoires de théâtre, nous ne ferions pas d'affaires ensemble, mais, avec la signature de maître Bazinet, je marche... Vous avez le billet?

— Oui.

— Montrez?

Henri Nérac tira une valeur de son portefeuille et la tendit au prêteur du cercle :

— Monsieur Bazinet m'aurait bien donné de l'argent, mais il avait un lourd paiement à effectuer, et comme j'étais pressé... Vous comprenez, Ambroise?

— Mais, oui!

Ambroise examina la valeur, pendant qu'une sueur glacée coulait le long du visage de Nérac; puis, marchant à sa caisse, il y prit des billets bleus que, très aimable, il apporta au jeune poète :

— Voici, Monsieur, et attention à l'autre valeur qui échoit dans la huitaine... Naturellement, je garde vingt-cinq louis pour la commission, l'intérêt d'un mois et le change...

Le micheton s'empara fébrilement des billets et les glissa

dans sa poche, en recommandant encore la discrétion à l'usurier.

D'autres membres du Cosmopolitan-Club défilèrent chez Ambroise qui les expédia rapidement ; et, vers une heure, le Caissier du tripot, armé de sa jumelle, sortit pour se rendre aux courses de Maisons-Laffitte.

Au moment où Naumier franchissait la porte cochère, le marquis d'Artaban descendait de voiture.

— Je suis en retard, Ambroise, n'est-ce pas ? fit le Dernier Gigolo.

— Je n'attendais plus votre visite, mais si vous voulez vous donner la peine de monter chez moi, Monsieur le marquis ?...

— Inutile... Où allez-vous ?

— A la gare Saint-Lazare.

— Ça tombe à merveille ! Je rentre chez moi, place de la Trinité... Je vous déposerai à la gare... Montez avec moi... Nous causerons en route.

Ils s'installèrent dans le coupé du gentilhomme, et M. d'Artaban commença :

— Ambroise, je serai bref et loyal... Je vous dois une somme importante et j'ai encore besoin d'argent... Le seul moyen logique et honnête de me tirer d'affaire est de vous vendre mon château, en Normandie.

— Votre château, Monsieur le marquis ! s'écria le Caissier du tripot, ébloui de la perspective... mais, qu'est-ce qu'on dirait ?... que diraient Monsieur le Président Carolus Pater et ces messieurs du Cercle...de me voir... moi, Ambroise, enrichi de vos dépouilles ?... Je ne veux pas passer pour vous avoir exploité !

— Si vous n'acquérez pas le château et les domaines d'Artaban, je serai obligé de m'en défaire, tout de même... Autant que ce soit vous qu'un autre qui profitiez de l'affaire, Ambroise ?

— Alors, Monsieur le marquis... est bien résolu à vendre ?

Le gentilhomme soupira :

— C'est dur !... C'est très dur ! Mais, j'y suis absolument décidé !

— Combien valent ces propriétés ?

— Douze cent mille francs, au bas mot.

Ambroise gémit :

— Douze cent mille francs? C'est trop lourd... beaucoup trop lourd pour moi!

Et, attentif :

— La situation exacte, s'il vous plaît, Monsieur le marquis?

— Je dois cinq cent mille francs au Crédit Foncier, deux cent cinquante à vous, environ; donnez-moi encore cent mille francs, et d'Artaban est à vous? Et si vous doutez de mon affirmation sur la valeur des immeubles, vous pouvez prendre à l'instant même des renseignements chez maître Bazinet, mon rival amoureux quelquefois, et toujours mon notaire.

— Oh! Monsieur le marquis, je vous crois... Je vous crois sur parole!... Quand vous faudrait-il cet argent?

— Je vous avouerai que je suis très pressé, dit, en souriant, le Dernier Gigolo... De là, mon sacrifice... qui serait absurde, en toute autre circonstance.

Le Caissier du tripot réfléchit un instant, et hasarda :

— Demain soir cinq heures, est-ce trop tard?

— Non.

— Eh bien, Monsieur le marquis, j'aurai l'honneur de vous remettre, demain soir, à cinq heures, au Cosmopolitan-Club, les cent mille francs dont vous avez besoin...Cependant, je...

— Ah! il y a un obstacle?

— Non, Monsieur le marquis, mais, comme on ne sait ni qui vit ni qui meurt... je désirerais que vous me fissiez une promesse de vente... Est-ce trop exiger?

— Pas du tout, mon garçon... C'est tout naturel!

Caissier et gentilhomme passèrent chez maître Bazinet où la promesse de vente fut signée et paraphée.

En sortant de l'étude, Ambroise rayonnait; il eut l'esprit et le bon goût de n'en rien laisser voir au gentilhomme dont il remarqua la tristesse.

Le coupé s'arrêtait devant la gare Saint-Lazare; Naumier descendit, salua humblement, et le marquis Achille se fit conduire à sa garçonnière.

Mais, Ambroise n'alla pas, comme il en avait l'intention, aux courses de Maisons-Laffitte; il ne possédait qu'une quarantaine de mille francs disponibles, sur la somme à verser au Dernier Gigolo, et il savait se procurer le reste chez le banquier Neuenschwander et chez Mme Elvire Martignac, ses commanditaires habituels dans les grandes opérations.

Naumier se rendit d'abord, rue du Bel-Respiro, chez l'usurier des dames, et, satisfait, roula en fiacre vers la rue de la Victoire.

Un grand calme régnait à l'établissement de Mme Elvire Martignac.

Plusieurs de ces dames, après leur déjeuner, faisaient la sieste au salon, encore imprégné des humaines ou artificielles odeurs de la nuit, tandis que d'autres causaient, travaillaient, fumaient, gambadaient ou lisaient en le demi-jour des persiennes hermétiquement closes.

Rarement, un client de Paris entrait là, dans la journée, mais, comme il fallait compter avec l'étranger et le provincial, deux pensionnaires, la brune Carmen et la grosse et blonde Léa, demeuraient sous les armes, c'est-à-dire, coiffées, fardées et prêtes à la bataille d'amour; leurs compagnes, en peignoir, les cheveux en désordre, les pieds à l'aise en des pantoufles, jouissaient d'un repos bien gagné, en attendant que les lustres s'allumassent et que la soirée, succédant à cette douce après-midi d'indolent farniente, amenât la clientèle et l'ordinaire et terrible et immonde labeur.

Il faisait sombre et presque froid en cette maison de nuit, et cependant, un beau soleil de mai brillait au dehors : on entendait le pas des passants invisibles sur l'asphalte du trottoir, et, de la chaussée, le roulement des voitures ; une raie de vive lumière venant de l'extérieur, filtrait à travers un volet de la fenêtre, et c'était comme une gaîté arrivant en ce salon morne : il étincelait, ce rayon, et, dans ses flèches d'or, tourbillonnaient les atomes des futurs corruptions humaines.

Ni Mme Elvire Martignac, ni la sous-maîtresse, Mlle Adélaïde, ne dédaignaient la société de leurs pensionnaires, et durant les heures calmes du jour, l'établissement de la rue de la Victoire présentait l'aspect d'une véritable maison de famille.

Plus de discipline rigoureuse, plus d'amendes, plus de sévérités, mais de douces causeries, des histoires amicales, des lectures honnêtes et d'intimes confidences.

Depuis quelque temps, Mme Elvire, se reposant sur le zèle infatigable de la sous-maîtresse, ne paraissait presque plus dans la journée, — elle ne couchait jamais à la maison — et il régnait sur sa vie un mystère que les filles n'avaient jamais pu découvrir.

On supposait que dame Elvire vivait maritalement avec un amant de cœur, en une retraite ignorée, — et elle laissait bavarder, continuant, sans trouble, son existence mystérieuse.

Une seule personne connaissait le secret d'Elvire : Mlle Adélaïde ; mais la sous-maîtresse amie se serait fait hacher plutôt que de trahir sa patronne.

Or, cette après-midi, vers quatre heures, Mme Martignac, en robe de soie noire très simple et coiffée d'un bonnet de dentelle, travaillait à l'aiguille, entre les deux pensionnaires de service.

La grosse Léa indiqua d'un geste le rayon lumineux traversant la persienne, et dit avec un soupir :

— On dirait qu'il fait beau... dehors ?

— Un temps superbe, ma fille, répondit la directrice.

— Ça donnerait envie de se cavaler à la campagne !... Oh ! le soleil, les lilas fleuris et les oiseaux !

Carmen se leva d'un canapé où elle rêvait, en fumant des cigarettes :

— Savez-vous, Madame, que ça commence par bougrement m'embêter, ces machines-là ?

— Quelles machines ?

— Eh ! *Caraco !* Ce *Bar Fleuri* qui n'ouvre pas !... La Sainte-Radegonde m'a engagée depuis je ne sais combien de mois, et ça me ferait plaisir de savoir quand je dois devenir andalouse ?

— Il y a eu des retards administratifs, mais toutes les difficultés sont, je crois, maintenant aplanies, et le mois prochain, on ouvrira.

— Il ne sera que temps !

— Moi, je m'en fous !... lança la grosse Léa... Cette sacrée mère Olympe n'a pas voulu de moi — sous prétexte que je n'étais pas assez neuve ! Je vous demande un peu ?... Aussi, qu'il ouvre ou qu'il n'ouvre pas, le *Bar Fleuri*, pour Bibiche, c'est kif-kif !

Aravalo, la petite Malgache, s'avança, grandie, avec sa couleur de bronze florentin, ses cheveux crépus, ses quenottes blanches, et prononça, émue :

— Moi aussi, engagée *Bar Fleuri !...* mais, chagrin beaucoup... beaucoup, de quitter Madame Elvire !... Elle est si bonne pour moi !... Elle est si bonne pour nous, Madame Elvire !

— Oh ! oui, pour sûr ! affirmaient Léa et Carmen.

Et toutes les autres, descendues de leurs chambres, vinrent entourer la tenancière et reprirent en chœur :

— Oh ! oui... pour sûr, qu'elle est bonne !

Mme Martignac semblait heureuse de l'amitié si franchement, si naïvement exprimée par ces jeunes recluses ; et pourtant, qu'avait-elle fait de plus que les autres directrices, pour ses pensionnaires, la maîtresse de la rue de la Victoire ? Son établissement était régi de la même manière que les établissements analogues ; les filles subissaient le même esclavage : on les enchaînait comme partout, avec d'inextricables dettes, dont le hasard seul, sous la forme d'un client généreux, pouvait les affranchir !... Alors, pourquoi Mme Martignac était-elle universellement aimée, quand ses pareilles ne recueillaient que de la haine ? C'est que Mme Martignac avait toujours une parole de bonté sur les lèvres, et comme un rayon de soleil et d'amour dans les yeux !

Elle répondit :

— Merci !... merci bien, mes enfants !... Et j'espère que la maîtresse qui me succédera bientôt, saura, comme moi, devenir votre amie !

Léa, une des meilleures, s'élançait, éplorée, vers la patronne :

— Vous nous quittez, Madame Elvire ?... Ah! non, n'est-ce pas ?

La tenancière exposa qu'elle se sentait fatiguée, et que, ayant amassé par son travail, de quoi vivre à la campagne, ou même à Paris, dans un humble quartier, elle avait l'intention de vendre sa boîte... Oh ! ce ne serait pas sans un regret douloureux env s ces chères enfants ; mais, la vieillesse ne tarderait pas à arriver, et il fallait songer à la retraite !

Elle ne disait pas la vérité, la mystérieuse matrone de la rue de la Victoire... C'était pour toute autre raison qu'elle se décidait à s'éloigner des affaires, mais cette raison, elle la gardait cachée, au fond de son cœur.

Un visiteur entrait. Léa cria, joyeuse :

— Ah! par exemple!... En voilà une surprise!... L'Oignon !

Toutes firent cercle autour de l'ex-amant de la Môme, et les acclamations se croisèrent :

— Bonjour, mon petit l'Oignon !

— Il y a un siècle qu'on ne t'a vu !

— Depuis qu'il est banquier, il est devenu fier comme Artaban, ce type-là !

— Comment, comme Artaban ? Le Dernier Gigolo n'est pas fier !

— Ce n'est pas de cet Artaban-là que je veux parler !

— Duquel, alors ? Il n'y en a pas deux !

Carmen lança à Ambroise son regard noir, ce regard qui la fit engager pour le *Bar Fleuri*, et minauda :

— C'est moi que tu veux ?

— Non, moi ? intervint Aravalo.

Mais Naumier, écarta le cercle des filles :

— Ni toi, Carmen ; ni toi, la mauricaude, ni les autres !... Jamais en plein jour, Mesdemoiselles !... Aujourd'hui, je suis venu pour causer affaires avec maman Martignac, si elle veut bien me donner audience ?

— Mais, oui, l'Oignon !

La maîtresse de l'établissement conduisit le Caissier du tripot dans son bureau, et après l'avoir entendu, promit de participer pour trente mille francs à l'affaire du marquis.

— Alors, Madame Elvire, demanda Ambroise, je peux compter sur vous pour demain ?

— Dans la matinée, les fonds seront chez toi, rue du Cirque.

Naumier partit, radieux, et quelques minutes plus tard, Mme Elvire Martignac, enveloppée d'un cache-poussière de couleur sombre, coiffée d'un chapeau de feutre noir et voilée de fausse dentelle, quitta à son tour la maison close.

A quatre heures et demie, l'omnibus de « Batignolles-Jardin-des-Plantes » déposait la matrone, boulevard Saint-Germain, à l'angle de la rue Cardinal-Lemoine.

Mme Elvire Martignac était fort connue dans le quartier. On la considérait comme une petite rentière, veuve d'un fonctionnaire ou d'un officier.

Elle s'engagea dans la rue Cardinal-Lemoine, distribuant de petits saluts amicaux à l'épicier, au boulanger, à la bouchère; la fruitière qui, devant sa porte, arrangeait son étalage de légumes et de primeurs, l'attrapa au passage pour lui demander de ses nouvelles, mais, Mᵐᵉ Elvire ne s'arrêta que pour répondre quelques paroles et reprit son chemin, trottant menu, telle une bourgeoise bien simple et bien honorable, ayant hâte de rentrer au logis, chez elle.

Chez elle! La matrone y arriva bientôt. C'était dans une noire maison, tout en haut de la rue, une maison tranquille, occupée par des ménages d'ouvriers et d'honnêtes familles de bourgeois, abritant là une obscure et patriarcale existence.

Déjà, Mᵐᵉ Martignac avait franchi l'allée menant à l'escalier principal, mais une voix, jeune et vibrante, l'interpella :

— Madame Delarue?

Et une jeune fille de vingt ans, fraîche et rose, en jupe grise et camisole blanche, le sourire épanoui sur les lèvres, Mˡˡᵉ Lydie, la nièce de la concierge, sortit de la loge.

Elvire demandait :

— Que me voulez-vous, ma bonne Lydie?

— Vous donner votre clé, Madame Delarue... Michelette nous l'a laissée, pour le cas où vous rentreriez avant elle, et elle est allée chercher votre journal.

Mᵐᵉ Martignac prit la clé; elle se disposait à monter; la nièce de la concierge la retint encore :

— Ah! j'oubliais, Madame... Monsieur Etienne est venu.

— Mon fils?... Vous devez vous tromper?

— Oh! pas du tout!... Ne vous trouvant pas chez vous, il est descendu faire un petit tour; il reviendra à cinq heures.

— Merci, mon enfant.

La femme que la nièce du concierge appelait « Mᵐᵉ Delarue » et qui est aussi Elvire Martignac, gravit l'escalier et stationna sur le palier du second étage.

Elle paraissait très soucieuse, en introduisant la clé dans la serrure; elle ouvrit la porte et se trouva dans une petite antichambre tapissée de papier vert et ne contenant pour tout mobilier qu'une fontaine de marbre noir, des patères pour les chapeaux, et un porte-parapluie en chêne ouvragé et orné d'une glace.

Et puis, traversant la salle à manger, bourgeoisement meublée d'acajou et tendue de damas bleu, elle entra dans sa chambre.

Meublée aussi en acajou, cette chambre à coucher dont l'unique fenêtre, tendue de reps jaune, ouvrait sur la rue; on y respirait comme un parfum de paix et d'honneur. Il y avait là sur la cheminée, et en des cadres, les portraits d'Étienne Delarue à tous les âges de son existence : on le voyait en bébé, gesticulant presque, sous une courte chemise de batiste ; puis, très grave, en « première communion», brassard argenté au bras gauche, et tenant un cierge en sa main gantée de blanc; puis encore, en son uniforme de Saint-Cyrien, coiffé du shako aux plumes tricolores; enfin, en sa grande tenue de lieutenant de chasseurs à pied, la moustache retroussée, le poignet engagé dans la dragonne de son sabre; et ces portraits disaient un cœur maternel ouvert à toutes les tendresses, à tous les dévouements, à tous les sacrifices !

Mme Elvire ôta son chapeau et son cache-poussière et les serra, avec le plus grand soin, dans l'armoire à glace, une armoire bien rangée, pleine de linge et fleurant la lavande.

Elle portait, d'une main, un bouquet de lilas, et tenait de l'autre la *Vie Populaire*. (Page 132).

Une servante d'une quinzaine d'années, gentille et proprette en sa robe d'indienne bleue, la seule domestique que Mme Delarue eût à son service, rue Cardinal-Lemoine, entra dans la chambre. Elle portait, d'une main, un bouquet de lilas, et tenait de l'autre *La Vie Populaire*, une des feuilles préférées de sa maîtresse.

— Ah! c'est toi, Michelette? dit Madame Elvire.

— Oui, Madame; je vous apporte votre journal.

— Bien... Et ces fleurs?

— C'est le mois de Marie, Madame, et j'ai pensé...

— Bonne idée! Nous irons porter le bouquet, ce soir, à l'église... Monsieur Etienne est venu, à ce que m'a raconté Lydie?

— Oui, Madame, et il m'a dit qu'il reviendrait vers cinq heures.

— Merci, mon enfant... Va porter ton lilas dans le salon et mets-le dans un vase...

Michelette sortit, et Mme Delarue, songeuse, se mit à la fenêtre et regarda pour voir venir son adoré.

Tout à coup, deux bras nerveux la saisirent à la taille et un gros baiser claqua sur son bon visage:

— Bonjour, Madame maman!

Mme Delarue se précipita à la fenêtre pour le suivre des yeux... (Page 135).

— Etienne! mon Etienne, c'est toi!... Je ne t'ai pas entendu entrer?

— Où serait la surprise, si tu m'avais entendu?

Elle devint sérieuse:

— Je t'avais prié de toujours m'écrire pour me prévenir de tes visites?

— Si j'ai rompu la consigne aujourd'hui, c'est que j'avais des choses sérieuses à te narrer, maman.

Elle se mit à rire :

— On les connaît, tes choses sérieuses ! Il s'agit de Mademoiselle Emma Delpuget ?

— Oui, mère, et je viens t'apprendre qu'il faudrait en finir. Ta persistance — oh ! bien involontaire, je le sais — mais enfin, ta persistance à ne pas vouloir te rendre à Chaville, commence à sembler étrange aux parents de ma fiancée... Mademoiselle Emma elle-même, me paraît toute changée !... Elle est rêveuse... triste... et hier, lorsque je me suis présenté chez elle, j'ai vu, à ses yeux rougis, qu'elle avait pleuré !

— Et tu attribues ce changement à ce que je ne suis pas encore allée faire ma demande ?

— Pas à autre chose ! Mère, il faut te décider ?

M⁽ᵐᵉ⁾ Delarue se troublait ; cette visite, pour elle, était une obsession, une angoisse, une torture.

Elle balbutia :

— Eh bien, s'il en est ainsi, mon fils, j'irai... Je te le promets.

Le jeune officier plaisanta :

— Oh ! je sais bien !... Pour vous déranger, Madame la casanière, c'est une affaire d'Etat !... Il serait plus facile de déplacer l'Arc-de-Triomphe, ou l'Obélisque du... duc de Louqsor !... Mais, sois tranquille, mère, quand tu connaîtras les Delpuget, tu seras, tout de suite, à ton aise avec eux ! Des gens, simples comme toi ! honnêtes comme toi, bons comme toi ! Vous vous adorerez !

— Alors, hésita Madame Delarue, tu es décidé... bien décidé à ce mariage ?

— En voilà une question !... Je te l'ai dit cent fois, je te le répéterai toujours : J'aime Emma... Jamais, je n'aurai d'autre femme qu'elle... Monsieur Delpuget peut maintenant assurer à sa fille la dot réglementaire... Donc plus d'obstacles !

— J'irai !... Etienne, j'irai !

— Demain, veux-tu ?... C'est dimanche.

— Oh ! non, pas demain !

— Pourquoi ?

— Il faut que je me prépare à une telle visite... et puis, je

n'ai rien à me mettre... Je veux m'acheter une robe, un chapeau convenables, car je tiens à te faire honneur !

— Quand, alors ?

— De demain en huit.

— Bien vrai ?

— Je te le jure !

— Tu ne chercheras pas encore quelque prétexte pour
retarder ?

— Non.

Le lieutenant enleva sa mère dans ses bras et l'embrassa
avec rage :

— Tiens !... tiens !... tiens !... Voilà pour cette bonne
parole !

Mme Elvire riait de tout son cœur :

— Toqué ! grand toqué ! Veux-tu bien me laisser ?

Il la reposa sur le parquet, doucement, et il l'embrassa
encore :

— Maintenant, mère, au revoir ! Je file à Vincennes !

— Tu ne restes pas dîner avec moi ?

— Peux pas ! Je suis de service...

Lorsqu'il fut parti, Mme Delarue se précipita à la fenêtre
pour le suivre des yeux.

Etienne était sa vie, son unique amour, sa seule espérance,
sa religion !

Grâce aux cadeaux de Mme Don Juan, Emma, rentrée à
Chaville, avait la dot réglementaire que l'armée exige des
femmes des officiers.

VIII

LE CHATIMENT D'UNE LESBIENNE

R, ce soir-là, sept heures, au *Café de l'Espérance*, complètement remis à neuf, Valérie Michon, très digne en robe de soie verte et bonnet de dentelles noires, saluait les convives de sa table d'hôte, une table pour femmes, récemment inaugurée et qui, déjà, faisait loucher la police.

Des mauvaises langues du quartier prétendaient qu'il s'y passait des choses «attentatoires à la morale publique»; mais, la maîtresse du Grand-Maca laissait dire, heureuse d'offrir l'hospitalité à toute une population féminine et galante, venant, le soir, prendre son repas à la table, et restant, la nuit, tous les volets fermés, autour de la roulette organisée par le Caissier du tripot.

Oh! très simples, ces dîners où, pour la modeste somme de deux francs cinquante, on avait un potage, deux plats au choix; un dessert et une demi-bouteille de vin. La tenancière se rattrapait avec le café, les liqueurs, les extras, et, surtout, avec la cagnotte : on observait là des habituées, des vieilles gardes, dont le couvert était mis tous les jours, et puis, souvent, des actrices, des danseuses, des écuyères, des horizontales, des bourgeoises excentriques, et même des raccrocheuses, la Licharde et As-de-Pique, la sœur d'Ambroise; des grandes dames y venaient aussi, incognito, et parmi elles se distinguait comme la plus assidue et la plus intrépide, la princesse Huguette Vorontzow, ex-baronne de Mirandol.

Mme Don Juan arrivait, presque toujours habillée en homme, et elle allumait tous les yeux de son regard ensorceleur. Il est aisé de comprendre que la hautaine princesse ne descendait pas chez Valérie, attirée par le luxe d'un repas à deux francs cinquante. Depuis sa rupture avec Emma, qui eut lieu au lendemain de la visite nocturne du mari, elle accourait s'y repaître d'œillades enflammées, de lèvres humides et rouges, de poitrines mi-nues, s'enivrer des voluptueuses odeurs de toutes ces chairs de femmes, et choisir, au gré de son caprice, pour jeter le mouchoir.

Très joueuse, et nullement avare, elle représentait la plus grande aubaine des filles et de la cagnotte.

A table, jamais on n'admettait un homme, mais, après le dîner, lorsque ces dames passaient dans la salle de la roulette, une porte s'ouvrait mystérieusement devant le vicomte de La Plaçade, lord Fenwick, le marquis d'Artaban, Perrotin, La Templerie, Neuenschwander et quelques autres du sexe fort.

Il était neuf heures, et les dîneuses, la vénérable Sainte-Radegonde, en robe et chapeau violet, d'un violet épiscopal, Julia Naumier, dite As-de-Pique, plus fraîche qu'à l'ordinaire, sous un corsage noir et une jupe rouge, des horizontales, la blonde Louise de Tibermont, et la brune Jacqueline des Glaïeuls, et d'autres blasonnées de la literie se massaient autour de la roulette.

Le Caissier du tripot, en smoking et cravate noire, avec, près de lui, le Grand-Maca, en redingote sombre, cravaté de blanc, comme un inspecteur du Louvre ou du Bon Marché, annonça vivement :

— Mesdames, faites vos jeux !

Bientôt, il dut changer et dire : « Mesdames et Messieurs », car arrivèrent ensemble Miroir et Reginald, et successivement l'architecte Perrotin, Jacob Neuenschwander, l'usurier des dames, le poète Nérac, Albert Monjot, le clerc, auteur dramatique ; mais l'assemblée ne s'anima un peu qu'après minuit, à la sortie des théâtres, avec la princesse Vorontzow, le directeur La Templerie, Blanche Latour, Mathilde Romain, et les sisters Arrisson.

— Cinq louis sur le 11 ! déclarait Huguette.

— Cinq francs à la rouge ! continuait le jeune Nérac.

On entendait le cliquetis de la bille d'ivoire sur le cylindre en mouvement, et puis, la voix d'Ambroise :

— 3 ! Rouge ! Impair et manque !

— 25 ! Noir ! Impair et passe !

Dans un coin, Valérie interviewait le docteur Gédéon :

— Eh bien, et mes cent francs ?

Il y avait — on le sait — entre ces deux êtres, non pas un cadavre, mais une vivante, Jeanne, dite la Môme-Réséda, fille naturelle et ignorée du marquis d'Artaban et de la duchesse Daisy de Louqsor, née Hopkins. Le docteur Hylas recevait une grosse somme mensuelle du père de la duchesse, toujours à New-York, de l'homme qui eut l'idée de faire passer pour morte la créature, et dont il exécuta l'ordre, en confiant Jeanne à la Michon.

Gédéon — sur la somme importante — versa longtemps cent francs par mois à la marâtre, mais il estimait inutile de continuer.

— Je ne reçois plus rien, dit-il, et, d'ailleurs, Jeanne, artiste-lyrique, ne vous coûte plus un sou !

— Elle m'a coûté horriblement cher, monsieur le docteur !

Elle eut beau pleurnicher, se lamenter, Gédéon ne voulut pas lui ouvrir sa bourse, et il marcha vers la roulette. Que craignait-il, le médecin ? La femme ignorait l'histoire de Jeanne, et lui, qui ne soupçonnait pas la paternité du Dernier Gigolo, acceptait et gardait les dollars de William Hopkins, se ménageait des chantages futurs contre la duchesse de Louqsor, en abritant son infamie derrière le secret professionnel.

As-de-Pique, bien nippée, mais toujours audacieuse, le regardait venir :

— Tiens, le docteur Mort-aux-Gosses !

C'est ainsi que, dans le peuple, chez les filles et les servantes, on nommait le docteur Gédéon, baptisé à son club : « le Pauv' Ovairier » — et Hylas justifiait les deux vocables d'argot boulevardier et faubourien.

La princesse Vorontzow jetait des billets bleus et des louis d'or sur la table de roulette, et les yeux d'As-de-Pique étincelaient de convoitise.

Huguette observait la fille. Un désir de boue l'exalta et elle vint à elle :

— Votre nom ?

— Julia, Madame la princesse... Julia, et en bombe, As-de-Pique. Désirez-vous ma carte ?

— Volontiers !

Mᵐᵉ Don Juan donna un rendez-vous à la sœur d'Ambroise et sortit, toute rieuse, avec cette carte originale et significative de l'habituée du *Bol-d'Or* :

JULIA

58-*bis, Impasse Rodier.*

Quelques minutes après le départ de la lesbienne, le prince Vorontzow entrait avec le marquis d'Artaban et grondait à l'oreille de l'ami :

— Tant que Mᵐᵉ de Mirandol se nommera princesse Vorontzow, tant que le divorce ne sera pas prononcé, elle n'a pas le droit de salir mon nom ! Je le lui ai dit ; je le lui ai écrit, et si je la surprends, je la corrigerai !

— Prince, mon ami, on nous observe ? fit le Dernier Gigolo... Calmez-vous, de grâce ? D'ailleurs, vous le voyez, elle n'est pas ici...

— Elle y était !

Ils ne firent qu'entrer et sortir, et, dehors, le marquis Achille s'ingéniait à apaiser l'ataman des Cosaques.

Le lendemain soir, Ambroise Naumier, averti par la police, redoutant des histoires, et ne voulant pas compromettre sa situation au Cosmopolitan-Club et l'avenir du

Bar Fleuri, enleva, malgré les avantages, sa roulette de chez la Michon.

Ce même soir, au *Café Egyptien*, le prince Dimitri avait une nouvelle preuve de l'inconduite de sa femme — des nouvelles souillures d'Huguette avec As-de-Pique.

Il la précéda à l'hôtel du boulevard Malesherbes et l'y attendit.

Elle parut.

D'un geste, sans un mot, Worontzow ordonna à sa femme de marcher devant lui et de descendre l'escalier menant au temple des amours.

L'ataman des Cosaques et la princesse Huguette arrivaient dans le salon rouge, illuminé comme pour une fête.

Mᵐᵉ Don Juan gronda :

— Parlerez-vous, enfin, Monsieur ? Que voulez-vous de moi?

— Vous allez le savoir !

Et lentement, tel un juge signifiant à un criminel l'inexo-rable sentence:

— Madame, je vous aimais, je vous adorais avec toute la dévotion que nous avons là-bas, en mon pays glacé, pour nos saintes et familiales Icônes!... Pour vous, j'aurais donné mon sang... ma vie!... Vous n'avez pas compris, ou, si vous l'avez compris, vous dédaignez ce grand, ce religieux amour, et vous avez traîné et traînez encore dans la boue le nom de Vorontzow, ce nom, devant lequel les fronts les plus hauts se découvrent en Russie, comme en France... Une première fois, j'ai hésité... Je me suis éloigné... Je vous ai dit, écrit, ordonné de respecter mon nom, jusqu'au jour du divorce, et comme vous venez encore de le salir avec une fille publique, je veux que vous subissiez le châtiment mérité de votre igno-minie !

Malgré son grand courage et sa fierté native, la lesbienne tressaillit, mais tout à coup, domptant sa faiblesse, elle se dressa devant le gentilhomme :

— Vous voulez me tuer ?... Essayez donc?

Il répliqua hautement :

— Le prince Vorontzow n'est pas un assassin! Il ne veut être qu'un justicier! Mes ancêtres avaient, sur nos domaines, le droit de haute et basse justice; c'est un droit que je veux faire revivre aujourd'hui ! A crime honteux, punition infamante ! Madame, je vous réserve le châtiment infligé à nos serfs, à nos moujiks, voleurs, meurtriers et félons: le knout !

Huguette bondit en arrière, ne croyant pas à l'exécution de la menace, mais devant le terrible regard de son mari, elle s'écria, épouvantée :

— Un tel supplice ? A moi ?... Oh ! vous n'oseriez pas !... Avant d'être princesse Vorontzow, j'étais baronne de Mirandol et je suis d'une race illustre,

aussi illustre que la vôtre !... Monsieur, souvenez-vous que nous sommes en France, et qu'en France, il y a une justice !

— Invoquez-la donc, Madame ! J'assume la responsabilité de mes actes ! J'ai dit, et j'exécute !

Il frappa dans ses mains, et, aussitôt, vêtus de blouses vertes retenues à la taille par un ceinturon de corde, bottés de cuir russe, coiffés de bonnets de fourrures, fauves de barbe, et plats de visage, parurent les deux moujiks dévoués au prince Dimitri, comme l'étaient à Huguette, Akmé et Aïssa, les deux négresses. Vorontzow leur demanda :

— Zamor... Sinéréï, êtes-vous prêts, mes fils ?

Zamor, le knout levé, se plaça auprès de la grande dame, prêt à frapper.
— Va ! dit l'ataman des Cosaques.
(Page 142)

— Oui, petit père, dirent les moujiks en présentant le knout aux sept lanières et un paquet de cordes.

— Mes fils, à l'œuvre ! Toi, Zamor, tu serviras de stanovoï.

La reine de Lesbos se tenait immobile ; mais ses dents claquaient d'épouvante et son visage était livide.

L'ataman ordonnait : Madame, déshabillez-vous, mettez-vous nue, jusqu'à la ceinture !

— Jamais ! rugit la princesse Huguette.

— Vous aimez mieux que mes moujiks portent la main sur vous ?

Et à ses serviteurs :

— Allez !

Zamor et l'autre s'avançaient, mais la lesbienne les arrêta d'un geste, murmurant d'une voix sourde :

— Non !... non !... J'obéis !... J'obéis !

Sous le regard du mari, voyant qu'elle n'avait nulle pitié à attendre, elle se dévêtit, et apparut nue jusqu'à la ceinture.

— Allez, mes pigeons ! cria Vorontzow.

Sinéréï attacha les poignets d'Huguette et fixa la corde à l'une des colonnes du Temple ; Zamor, le knout levé, se plaça auprès de la grande dame, prêt à frapper.

— Va ! dit l'ataman des Cosaques.

Alors, les lanières vibrèrent et s'abattirent, marbrant de rouge les blanches épaules de la princesse Huguette et les reins voluptueux, la « ligne » — orgueil de sa beauté.

Impassible, Vorontzow croisait les bras, pendant que la lesbienne se tordait, en poussant des hurlements sauvages.

Au troisième coup de knout, elle s'évanouit...

Le prince arrêta le châtiment, frappa sur un timbre et ordonna aux négresses accourues :

— Soignez votre maîtresse !

Et l'ataman des Cosaques sortit du Temple des luxures, escorté de ses serviteurs.

FIN DE « MADAME DON JUAN »

Le livre VI des **Derniers Scandales de Paris** a pour titre :

LE CAISSIER DU TRIPOT